TEA
BOOKS

IZABRANA DELA DUŠANA MIKLJE

Za izdavača
Tea Jovanović
Nenad Mladenović

Glavni i odgovorni urednik
Tea Jovanović

Lektura / Korektura
Agencija Tekstogradnja / Agencija ORTOGRAF

Prelom / Dizajn korica
Agencija TEA BOOKS / Agencija PROCES DIZAJN

Izdavač
TEA BOOKS d.o.o.
Por. Spasića i Mašere 94
11134 Beograd
Tel. 069 4001965
info@teabooks.rs
www.teabooks.rs

ISBN 978-86-6142-089-4

Dušan Miklja

POSLEDNJA BITKA UOČI KRAJA SVETA

Veverica i Mamut u Pokretu otpora

PROLOG

„Uza sve njeno zastrašujuće stenjanje i čegrtanje velika mašina sveta i dalje se može naterati da radi, ali ne ako se ne prihvati da se dugoročna dobrobit ljudskih bića ne može obezbediti politikom koja ide naruku interesima jednih ljudi na račun drugih, ili čak naruku interesima čovečanstva na račun drugih živih bića. Tu lekciju smo naučili prekasno da spasemo neka živa stvorenja, ali ima taman toliko vremena da spasemo nas koji smo preostali."

Piter i Džin Medavar: *Nauka o životu*

1.

ŠTA PTICE ZNAJU A MI NE ZNAMO

Šta ptice znaju a mi ne znamo, pitao se Neimar poznatiji po nadimku Mamut, gledajući kroz zamagljen prozor kafane kako vrapci udaraju u okno da se trenutak kasnije sruče mrtvi na tlo.

Nije bio jedini koji se tog dana s nespokojstvom trudio da dokuči zbog čega se ptice – ne samo u glavnom gradu Balkanije – tako revnosno upinju da okončaju život. Prema izveštajima koji su stizali u prestonicu, vrapci, golubovi, lastavice, kreje, sove, rode, jastrebovi i orlovi, čak i oprezne i lukave vrane zasipale su zemlju pernatim pljuskom.

Mamuta je najviše začudilo da samoubilačkom nagonu nisu odolele ni vrane, koje važe za razumna bića sposobna da rasuđuju i zaključuju, pamte ljudska lica i koriste se pomagalima da dođu do hrane.

Verujući ljudi bili su još više uznemireni. Kako i ne bi kada je i golubica – koja je kao vesnik dobrih vesti u Nojevu barku donela u kljunu maslinovu grančicu sa kopna kao potvrdu o prestanku potopa – odustajala od života.

Šta je pticu koja je u hrišćanstvu simbol mira dovelo do rastrojstva? Šta je odvratilo lastavice od toga da sletanjem na ram prozora najavljuju blagostanje? U odsustvu odgovora, u narodu je zavladao takav strah da su i najveći neznabošci nagrnuli u crkve moleći se za spas a ne znajući pouzdano ni zašto ni od čega.

Još više bi se uplašili da su znali to što su ptice znale. Što su otkrile u došaptavanju sa čuvarima šuma i voda. S bogovima Starih Slovena koji su znali ptičji jezik. Ne samo vrane, koje pamte ljudska lica te otuda i lica bogova, već i ptice koje su lišene tog dara bile su pometene što čuvara šume Goblena zatiču van prirodnog staništa na drumu, a gospodara voda Vodinoja u usahloj pustari.

Da nije bilo pomora ptica, malo ko bi u Balkaniji i pominjao zaboravljene bogove. O njima je, uostalom, i u sećanju najstarijih žitelja jedva ponešto preostalo.

Za čuvara šuma Goblena znalo se da živi u šikari u liku oronulog starca. Da je pastir vukova i medveda. Da ga sve zveri slušaju. Da se bez njegove dozvole u šumu ne može ući. Da štiti rastinje i životinje u njoj. Da od njega zaziru i lovci i drvoseče. Da od ljudi jedino traži da ne nanose štetu prirodi i da mu ukazuju poštovanje.

Gospodar voda Vodinoj znao je da učini dobro, ali i da nanese zlo. Osim što se pojavljivao u ljudskom liku, bio je u stanju da se preobrazi u ribu, kladu, utopljenika, dete i konja.

Pomalo se znalo i o drugim mitskim bićima. Ni izdaleka onoliko koliko su ptice znale. O sirenama koje obitavaju u vodi ali se viđaju i u poljima. Na mestima na kojima izbivaju trava je zelenija i gušća, a usevi obilniji. Sirene i njihove posestrime nimfe u narodu se, otuda, doživljavaju kao čudotvorna stvorenja koja daruju plodnost i život. Ne uvek, nažalost, jer – kada su zlovoljne – nanose takođe štetu, mrse mreže ribarima, dozivaju kišu i grȁd, kradu pletivo od žena i zavode muškarce.

O brodurama. Lepim devojkama koje čuvaju brodove. Koje imaju moć da neprijatelje potapaju u vrtlozima i močvarama.

O vodenim pticama koje napasaju svoja podvodna riblja stada – somove, šarane, deverike – na dnu reka i jezera.

O Dani. Boginji koja daje život. Vodu za piće i za zalivanje bašti s nabubrelim plodovima povrća i voća. Takva njena svojstva sadržana su i u samom imenu, jer je u staroslovenskom jeziku *da* voda, a *neja* majka. Ime *Dana*, prema tome, označava majku vode. Kao takvu su je – u svojim imenima – preuzele velike reke Dunav, Dvina i Dnjepar.

Za Stare Slovene voda je bila svetinja. Za očuvanje zdravlja i negovanje lepote. Ptice su znale i da se ukrasnim vrpcama na obodima reka obeležava lekovita voda da mogu njome bez brige da se napoje. Znale su i nešto još važnije: da voda čuva sva znanja o tome šta se dogodilo i šta će tek biti.

Nisu, nažalost, mogle da ih podele s ljudima, već jedino s bićima koja su poznavala njihov jezik, što će reći s bogovima i duhovima, čuvarima šuma i voda, sirenama i nimfama.

Po čemu su se natprirodna bića razlikovala od ljudi u koje su se ponekad prerušavala?

Goblen po sivozelenoj kosi i bradi. Takođe i po brkovima iste boje. Ponekad se javljao i bez trepavica i obrva. Pažljiviji posmatrači su ga prepoznavali i po tome što je kaftan omotavao sa desne strane i po naopako navučenim cipelama.

Gospodara voda Vodinoja znali su po gustoj bradi i takođe zelenim brkovima. I po tome što najradije prebiva u blizini vodenica, kraj kojih se ponekad viđa umrljan blatom. U narodu se veruje da u dubokim vodama koristi za prevoz zauzdanog soma, koga zbog toga nazivaju „đavoljim konjem“.

Slovenska boginja vode Dana kao i sirene u njenoj službi bile su čuvene po lepoti. Ove druge su – kao u mitu o Odiseju – mamile putnike dugom zelenom kosom i pesmom.

Šta je to, ipak, što su ptice znale a ljudi nisu? Šta ih je toliko uznemirilo da sebi oduzimaju život nasrćući na sopstveni odraz u ledenim staklenim oknima?

Videle su kako Gospodare šuma i voda proteruju iz njihovog prirodnog staništa. Kako poraženi i poniženi lutaju drumom. Dok je ranije već i samo njihov gromki glas bio dovoljan da odbrani šume i reke, životinje i ribe, više nisu bili u stanju ni sebe da zaštite.

Kao što su posrnuli bogovi razumeli jezik ptica, tako su i ptice razumele njihov jezik. Saznale su za razloge njihovog propadanja.

Goblen se žalio da još može da se nosi sa drvosečama i lovcima, ali ne i sa bagerima i buldožerima i čudovišnim mašinama koje čupaju drveće iz korena. Da se oseća kao ptica koja u gradu okovanom betonom nema gde da sleti. Koja zbog toga bezumno udara u staklena okna. Još je mučnije bilo ono što su čule od Vodinoja. Poverio se da su vode toliko zagađene otpadom i hemijskim izlučevinama da mu nema opstanka. Da ne može da živi među uginulim ribama.

I jedan i drugi bog su zbog toga kao beskućnici u pohabanoj i umrljanoj odeći lutali drumovima zapljuskivani blatom točkovima kamiona, onemoćali i iznemogli. Za ptice koje su iz krošnji drveća bile svedoci sumraka bogova bio je to nepodnošljiv prizor. Nisu, otuda, jurišale na okna prozora samo zato što su šume i vode ostale bez zaštite. Odustajale su od života i zbog toga što su bogovi – koje su slušali i poštovali – poniženi i odbačeni. Planetarna povest morala je da sačeka da najzaslužniji za srastanje prirode i života budu poraženi da bi saznala da i ptice imaju dostojanstvo.

Ni sirene nisu izbegle sudbinu bogova. Pošto u zagađenoj vodi nisu mogle da sačuvaju zdravlje i lepotu, i one su se zaputile drumovima. Najčešće su viđane u zapuštenim staničnim restoranima i mračnim ulicama, gde su mamile i zavodile pohotne mušterije. Koristeći jedine veštine koje su im preostale, upražnjavale su najstariji zanat na svetu. Ne iz obesti već iz nemaštine. Od nečega se, najzad, moralo živeti. Kako su ih razlikovali od drugih prodavačica ljubavi? Po tome što su bile prelepe. Takođe, po dugoj zelenoj kosi.

Nisu ipak ličile na sebe iz vremena kada su boravile u čistoj vodi. Kao da im je lice obloženo skramom tuge, nisu više uživale u ljubavnim nestašlucima. Niti su se vragolasto smejale. Nisu ni mogle jer dok su pogružene – povijenih leđa kao starice – hodale kaljavim drumovima ili čamile u nekom mračnom gradskom budžaku, jedino čega su se sećale bili su prizori zanavek izgubljenog raja.

A ljudi?

Ah, ljudi. Dopuštali su psima da kevću i laju, a deci da se rugaju svrgnutim bogovima. Nije da se nisu klanjali Gospodarima šuma i voda. Ali samo dok su imali vlast i moć.

Nije ih plašio samo pomor ptica, čije se paperje rasipalo po zemlji sa istom nežnošću kao pahuljice snega zimi. Strah u kosti su im uterivale i druge pojave za koje nisu imali objašnjenje.

* * *

U rekama kraj kojih su počela iskopavanja njima nepoznate rude voda je poprimila crvenu boju. Boju krvi kako je – krsteći se – govorio narod. Nije to bio jedini urok za koji nije bilo leka. Uzalud su seoske vračare na obale reka i jezera pobadale čudotvorne amajlije. Uzalud su ih ukrašavale vrpcama ispletenim od poljskog cveća i lekovitog bilja. Zelena bistra voda bila je nepovratno nagrizena crvenom rđom. Da je samo voda menjala boju, ni pô jada. I sve druge promene – podjednako neobjašnjive – sustizale su jedna drugu.

Na manje poželjnom obrtaju klatna zadesili su se žitelji najplodnijeg kraja Balkanije, nadaleko poznatom po čistoj vodi i darežljivom tlu na kome je, i doslovno, sve uspevalo: kukuruz, pšenica, ječam, razne vrste voća, lekovito bilje od kojeg su – sasušenog na tavanima kuća – spravljani čajevi i drugi isceljujući napici. Na livadama s gustom zelenom travom pasla su stada ovaca i goveda, a u tovilištima za svinje bilo je kukuruza napretek. Takođe i za pernatu živinu kojoj se nije znalo broja.

Blagorodni predeo Balkanije od davnina je bio poznat kao Malinjak. Bilo je to sasvim prigodno ime da označi krepkost, zdravlje i čvrstinu. Skloniji pesničkom zanosu opisivali su, otuda, Malinjak kao „rajski vrt“ u kome se „po bujnom zelenilu i jedroj zemlji rasipa blagoslovena blistava svetlost“.

Nije bilo kuće u kojoj se nije pekla rakija od šljiva, krušaka i dunja. Niste morali da je pijete. Dovoljno je bilo da udahnete okrepljujući miris voća, pa da zahvalite Svevišnjem što na ovom svetu postojite.

Sve do dana kad je zemlja počela da se suši i poprima zagasito žutomrku boju rđe. Kao što se u poznom dobu lica ljudi brazdaju borama, tako su u dotad, činilo se, neraskidivo slepljenom tlu nastajale naprsline i raseline iz kojih su navirala zagušljiva isparenja za koja je narod govorio da pritiču ravno iz pakla. Pojavila su se i nova jalovišta. Iako je i to bilo dovoljno za brigu, meštane je još više uznemirilo isušivanje bunara. Pitoma priroda s poljskim cvećem i lekovitim biljem počela je da zaudara na lešinu.

Seoski učitelj, koji se pomalo razumevao u geologiju, pokušao je da umiri ljude govoreći da takve pojave, ma koliko neuobičajene, nisu nepoznate. Da su i kontinenti nastali tako što su se razdvojili od celovite ključale magme. Da pukotine u Malinjaku nisu vredne pomena u poređenju s raselinom Rift Velija, koji se proteže celim istočnim obodom Afrike sve do njenog krajnjeg rta na jugu.

Uveravanja da nemaju razloga za brigu meštane nisu umirila. Dok su u seoskoj kafani raspredali o nevoljama koje su ih snašle nije ih zanimalo kako je nastao Rift Veli ni kako su se razdvajali kontinenti. Više od kontinentalnih raselina brinule su ih pukotine u vlastitim dvorištima. Kako je rekao jedan od njih: „Može cela zemaljska kugla da napukne nadvoje. Spavaću mirno sve dok je moja zemlja celovita."

Sve se promenilo kada su se i njoj pojavile pukotine. Ma šta učeni ljudi pričali, za meštane više nije bilo sumnje da su u nevolje umešane i đavolske sile. Borili su se, koliko su bili u stanju, protiv uroka i podmuklih čini. Protiv vampira i zlih duhova.

Prevodili su noću ždrepca dorata preko sveže iskopanih grobova na seoskom groblju. Kada bi ždrebac zastao kraj neke humke ne usuđujući se da je preskoči, iskopavali su pokojnika. Ako se nije naduo ili raspao, ako je, kako je presuđivala seoska vračara, bio u „održivom" stanju, pribegavali su magijskim radnjama. Pokojniku su, uz odgovarajuće obredne reči, prinosili svete predmete. U slučaju da sve to ne pomogne, vampira su probadali glogovim kocem, odsecali mu glavu a telo spaljivali i škropili svetom vodicom.

Bogougodni čin redovno je propraćan paljenjem sveća i molitvama.

Vlasti, koje su doušnici redovno obaveštavali o zbivanjima na selu, ta borba protiv uroka i podmuklih čini, protiv vampira i zlih duhova, sve dok su je tumačili zaostalošću naroda i sujeverjem – nije brinula. Brinulo ih je nešto drugo: studija Akademije nauka u kojoj se vampiri dovode u vezu s „društvenom manipulacijom, totalitarnom politikom i dogmatskom ideologijom. S nasiljem nad građanima nametnutim jednoumljem i kanonizovanim društvenim obrascima koji isključuju slobodu mišljenja i delanja."

Sa svim onim, dakle, što opozicija Balkanije pripisuje vlastima.

Ma koliko da je Studija, kako je to seoski učitelj primetio, pisana visokoumnim i donekle nerazumljivim jezikom, ona je u suštini došla do istog suda kao i meštani na seoskim grobljima: krv narodu ne piju vampiri već zemaljske sile. Ptice su to znale. Zato su i udarale u okna prozora.

Za razliku od snežnih pahuljica, okrvavljeno paperje nije kopnilo. Ne koliko sasušena zemlja i presahli bunari. Ne čak ni koliko ratari koji su sve manje ličili na sebe. Više na klovnovska, iscerujuća strašila koja su razmeštana po njivama da odvrate ptičurine od zrnaste hrane.

Za pojave koje nisu pamtili ni najstariji žitelji kolale su svakojake priče. Za zaslepljene vernike, kakvih je u Balkaniji bili koliko i svuda u svetu, nastanak naprslina i raselina na sparušenoj zemlji bio je pouzdan znak božjeg gneva zbog bezbožništva i svetogrđa. Zbog prevlasti poroka. Za njih su, otuda, pukotine koje su zjapile u zemlji bile samo beleg greha i, u doslovnom smislu, putokaz za pakao. I dalje, na sreću, samo kao upozorenje šta sve ljude čeka ako se ne vrate na pravi put pobožnosti i vere.

Naučna tumačenja da se sušna i kišna razdoblja naizmenično smenjuju, da su posredi samo ciklična kretanja, ratari su primali s podozrenjem. Najviše zbog toga što godina u kojoj je zemlja opustela nije bila ništa vrelija od prethodnih. Sa sumnjom su, otuda, slušali uveravanja da su prirodne nepogode samo prolazne i privremene.

Kao i uvek nepoverljivi, meštani Malinjaka su razloge za zemaljske poremećaje tražili u nečemu što je u njihovom vidokrugu. U nečemu što se njih lično tiče. Što, najzad, mogu da shvate bez udubljivanja u složenosti nauke i straha od božje kazne.

Pošto ni iskorenjivanje vampira nije ništa promenilo nabolje, ratari su zaključili da za njihove nevolje nisu krivi nepoćudni i zli bogovi, već gramzivi i sebični ljudi. Na većanju, kao i obično u seoskoj birtiji, promućurniji meštani su za takvo stanovište ponudili sijaset dokaza.

Starozavetnog boga, poznatog po prekoj i naprasitoj naravi, oslobodili su odgovornosti jer su iz *Biblije* i drugih svetih knjiga znali da čak ni grešnoj pastvi nije uskraćivao vodu i hranu. I u pustinji je nalazio načina da je napoji i nahrani. Održi u životu makar čudima. I kada je rešio da potopom pomori ljudsku rasu smilovao se dopuštajući Noju da sa svojom barkom i izdancima biljnog i životinjskog sveta obnovi život na zemlji. Njegove i najsurovije kazne, najzad, bile su opšte prirode. Bez izuzetaka. Takoreći načelne.

Ljudi su bili ti koji su u kažnjavanje uveli maštovite novine. Za razliku od božanskog potopa, davili su svoje sunarodnike u Gvantanamu i drugim mučilištima tako što su ih na silu nalivali vodom. Šume su gorele i u vreme biblijskog boga, ali su u doba inkvizicije ljude na lomačama spaljivali njihovi „bližnji", koji su se od žrtava razlikovali jedino po crkvenoj odeždi.

Zemaljski nasilnici su, najzad, odgovorni za duhovne raseline koje su – mnogo više od tektonskih – razdvojile prirodu od čoveka. Od srastanja sa šumama i vodama.

Žitelji Balkanije nažalost nisu znali to što su ptice znale. Da su bogovi koji su štitili šume i vode prognani. Da su ih nasledili lažni bogovi čiji jezik više nisu razumeli ni ljudi ni ptice. Koji su uzorane njive, zelene pašnjake, zelenooka bistra jezera, nabujale reke, sav biljni i životinjski svet saterali u grafikone, procente, standarde, investicije, subvencije i provizije. U sijaset nerazumljivih pojmova koji su, kao dečji baloni, landarali nad presahlim bunarima i sasušenom zemljom.

Moguće je da lažni bogovi ne razlikuju boje. Da takođe kubure sa sluhom, jer se drugačije ne može objasniti da ne čuju cviljenje žuboravih planinskih potoka sabijenih u tesne metalne cevi malih hidroelektrana. Ili ih je možda baš briga za vapaje prirode sve dok mogu da se pohvale brojkama i grafikonima, čije bleštavo titranje na televizijskim ekranima zaklanja mračnu utrobu čudovišta u kojoj izdišu posečene šume, zajaženi potoci, zagađena zemlja i zatrovane vode. Utamničeni život, najzad, o kome se govori jedino u brojkama.

Bilo je, naravno, ljudi koji su se sećali na šta je ličila Balkanija pre nego što su čuvare šuma i voda zamenili zemaljski gospodari. Za razliku od prvih, koji su bili srasli s prirodom, njihovi gramzivi naslednici razdvojeni su od nje nepremostivom raselinom dubljom i od najveće kontinentalne, poznate kao afrička Rift Veli.

U odsustvu otmenosti, od zemaljskih gospodara nije se očekivalo da poput indijskih maharadža provode sate posmatrajući let ptica i oblake. Da prate sukobe vazdušastih legija. Da na džinovsko platno nebesa utiskuju nove boje.

Da li to znači da nisu imali mašte ni koliko maharadže? Imali su, naravno. Ono što nisu imali jeste duhovna ljubopitljivost i posvećenost. Nisu, najzad, bili u stanju da prate preobražavanje oblaka u ratnike, životinje, drveće i zagonetno znamenje jer su jedino u knjigu blagajne bili zagledani satima.

2.

ULJEZI

Nastojeći da odgonetnu ko je odgovoran za otimanje njihovih imanja ili, kako su radije govorili, za propast njih samih kao zavisnika od zemlje od koje su živeli, meštani su primetili da sve više nepoznatih lica tumara Malinjakom.

Pomisao da su im u posetu došli geometri odbacili su jer su sve domaće lično poznavali. Pošto među pridošlicama nije bio nijedan poznat lik, sumnje u namere nepozvanih samo su narastale. Raspitujući se izokola ko su i šta su nezvani gosti, dobijali su samo šture odgovore iz kojih se nije moglo da dokuči šta rade na tuđem imanju. Tim više što su bili opremljeni svakojakim aparatima – u Malinjaku prvi put viđenim – kojima su nešto odmeravali, a potom i u „knjige" prilježno zapisivali.

Nisu se na tome zaustavljali. Prokopavali su takođe zemlju skrnaveći je usecima i rovovima u koje su nasipali svakojake hemikalije ne tražeći za to saglasnost vlasnika. Mogli su, uostalom, da se predstavljaju kako hoće. Meštane nisu mogli da prevare. Dovoljno je bilo da ih pogledaju da vide kako nisu slučajno nabasali. Da su sve drugo samo ne obični namernici.

Iako su to samo ptice znale, seljacima su od pomoći bili i prognani bogovi. Čuvar šuma Goblen je u liku oronulog starca, medveda i drveća nadzirao sve puteve. Gospodar voda Vodinoj imao je moć da se prerušava u još više likova. Da se pojavljuje u vidu ribe, utopljenika, deteta, konja i čak klade. Ništa nije moglo da im promakne, naročito ne teške mašine bageri i bušilice. Ptice su sve nadgledale odozgo javljajući Zelenobradima pojavu uljeza još izdaleka.

Ovi su, opet, prerušeni u oronule starce, zalazili u seoske krčme u kojima su raspredali priče o neobičnim pojavama, začinjujući ih živopisnim pojedinostima. O tome kako je, na primer, za komandama bagera viđen lik s roščićima na glavi i kopitama umesto stopala.

I bez svedočenja Zelenobradih u to niko nije sumnjao. Drvoseče koje su se u sumrak vraćale iz šume posle seče drva klele su se takođe da su i sami sretali đavolji nakot. Učitelj je govorio da je to samo plod fantazije (na selu se o mašti govori samo kao o fantaziji), što meštane nimalo nije pokolebalo u uverenju da nečastivi, u ovom ili onom vidu, vršlja unaokolo.

Za razliku od učitelja, paroh seoske crkve je kazivanje Zelenobradog i drvoseča doživljavao sasvim ozbiljno. U prilog svom verovanju, podsećao je da se i u *Bibliji* govori o tome kako se đavo vešto prerušava. Ako se u različitim vidovima pojavljuje u svetim spisima, prepirao se sa učiteljem sav zajapuren, zbog čega to nije moguće i na poljima Malinjaka.

Bilo kako bilo, priče o natprirodnim likovima i ništa manje neobičnim pojavama nezaustavljivo su se širile.

Pošto je i vršljanje uljeza prevršilo svaku meru, ratari se više nisu zadovoljavali šturim odgovorima. Kada im je ponašanje nepoznatih načisto dozlogrdilo, potegli su vrljike, motike i vile da neželjene goste najure. Ne zadugo jer se ubrzo pojavila policija koja nije zaštitila vlasnike imanja, već uljeze koji su se zatekli na tuđem posedu.

Od uplitanja vlasti u sukob bilo je i neke koristi, jer su meštani – makar nedovoljno – saznali ko i šta istražuje na njihovim imanjima. Kako je objasnila ministarka, koja je i iznutra i spolja bila premazana bojama kao indijanski vrač, radove obavlja kompanija *Rio Finito* u potrazi za rudom za koju se veruje da je u tom kraju Balkanije ima više nego igde na svetu. I pre nego što je progovorila, meštani su joj podarili nadimak Hijena. Nakinđurene i nafrakane, doduše, što njen status u životinjskom carstvu nije učinio ništa privlačnijim.

Žiteljima Malinjaka je, kao uostalom i druge ministarke koje su dotad viđali jedino na televiziji, ličila na kafansku pevačicu kojoj su u seoskoj krčmi već podosta pripiti meštani zadevali u raskriljeni prsluk s nabujalim grudima zamašćene papirne novčanice. Starije kafanske goste, koji se nisu micali daleko od sela, najviše su čudila natečene usne ministarke. „Da je nisu izujedale pčele", raspitivali su se kod mlađih ukućana.

Saznanje da se za naduvene usne sama pobrinula propratili su – kao i za istraživanje rude – samo s dve reči: „đavolja posla". Uveravanja ministarke kako će otvaranje postrojenja za iskopavanje i preradu dragocene rude biti blagodet za taj kraj, da će, sve u svemu, od dolaska kompanije *Rio Finito* svi imati koristi, nisu imala očekivani odziv.

Nisu, najzad, bili ni toliko naivni da bez dvoumljenja prihvate ponuđenu sliku rajske budućnosti. Tim pre što su već dovoljno znali o poslovanju kompanije.

Stručnjaci su upozoravali da će sa otvaranjem rudnika najplodniji kraj Balkanije leti ostajati bez vode, a da će u kišnoj sezoni biti izložen poplavama. Još je zloslutnija bila procena da će hemikalije koje se koriste za preradu rude zatrovati reke i potoke, a time i vodu za piće i navodnjavanje.

Zelenobradi su se potrudili da se u seoskim krčmama o poslovanju kompanije što više sazna. O tome da svuda ostavlja pustoš iza sebe. Upoznati sa svim tim, žitelji Malinjaka nisu se dali zavesti slikom „razvoja i privrednog rasta", kojim su im vladini mediji svakodnevno mahali pred očima. Kako se ta slika – tražili su odgovor – može dovesti u sklad s „raseljavanjem stanovništva, narušavanjem biološke raznovrsnosti, ukidanjem poljoprivredne proizvodnje u kraju u kome je svaki pedalj zemlje obrađivan, trovanjem površinskih i podzemnih voda i deponijama u kojima će više miliona tona toksičnog otpada trajno zagaditi zemljište".

Šta imamo, pitali su još, od vaših priča o „punoj zaposlenosti i visokim prihodima" ako se u kraju u kome smo rođeni i odrasli neće moći živeti? Nisu, najzad, videli nikakav razlog da dobrobit u sadašnjosti zamene za obećanja koja su, kao i sve što pripada budućnosti, neizvesna i nepouzdana. Od vlasti su, otuda, tražili samo jedan odgovor: „Čije interese štite? Rudarske kompanije ili naroda?"

* * *

Postojana upornost s kojom su se opirali da svoja imanja prepuste istraživanju „đavolske rude“ toliko je uzrujala Vrhovnog da nije odoleo da se u raspravu i lično ne umeša.

Učinio je to na svoj više puta iskušavan način, što će reći mešajući vapaje i pretnje. Sa ukrštenim prstima u vidu srca ili možda (ako nije dovoljno vežbao) kornjače, uprepodobljeno se čudio, bolje reći vajkao, kao da je pred ikonom Bogorodice, što ratari odbijaju da se priklone boljem životu u kome će – umesto malina – uzgajati baterije. Kao da su ga zadesile patnje Kralja Lira, nije mogao dovoljno da se izjada što se meštani Malinjaka odriču svetle budućnosti u kojoj će, umesto na njivama, roviti pod zemljom u rudnicima.

U prenemaganju je najviše ličio na svog mitološkog pretka Amona, po kome je i dobio nadimak.

Veliki Markiz s tim imenom opisan je u drevnim trebnicima kao opasno biće. Kao vuk sa zmijskim repom koji izaziva svađe i sukobe koje, potom, miri kao lažni mirotvorac. Kao vizionar koji rado govori o budućnosti, ne obavezno na istinit način. Javlja se ponekad i u vidu ptice grabljivice. Kao vešt trgovac koji obožava zakulisne dogovore. Kao vladar koji se poigrava ljudima dajući im lažna obećanja.

Kada je bez poželjnog ishoda iscrpeo sve mora se priznati za ljudske mere prevelike zalihe brige, Amon je okrenuo list. Umesto preklinjanja predočio je neposlušnima da će morati da se isele iz kraja koji će načisto opusteti. Nije bilo sasvim jasno da li je to izrekao kao pretnju, ili samo kao upozorenje da će – propuštanjem prilike da se zaposle u kompaniji *Rio Finito* – skončati kao puki siromasi.

Pošto ni to nije pomoglo vratio se klasičnim metodama koje su njegovi pokrovitelji uspešno primenjivali još od kolonijalnog osvajanja Afrike. Skupština je većinom glasova (ili kako bi on to radije rekao „plebiscitarno“) usvojila zakon kojim se prisvajanje tuđe zemlje za potrebe rudarstva proglašava „javnim interesom“. To je u stvarnosti značilo da strane kompanije mogu neograničeno da se šire na zemljištu namenjenom istraživanju ili otvaranju novih kopova.

Iako se činilo da je ogoljena prinuda, ili pravno nasilje, kako se, donekle otmenije, opisivalo otimanje tuđe imovine, svrsishodnije od glumatanja i prenemaganja, nije sve išlo onako kako je zamišljeno. Najviše zbog toga što se otpor više nije svodio samo na protivljenje iskopavanju „đavolje rude“ već i svim drugim „đavolskim poslovima“ kojima se zagađuju zemlja i voda i truje vazduh.

Pokret otpora više nije bio ograničen samo na rudnike. Na sve više mesta ljudi su se bunili protiv utamničenja reka i potoka u cevovode malih hidroelektrana, neobuzdane seče šuma i obožavanja betona nauštrb parkova i svega prirodnog i zelenog.

Suočene s rastom otpora vlasti su se privremeno povukle bez namere da odustanu od poslovnih dogovora sa stranim partnerima skrivenih od očiju javnosti. Ovi poslednji, najzad, mogli su da se pouzdaju u Amona, koji je, kao i njegov mitološki predak, bio nenadmašan u zakulisnim radnjama.

Vlasti su, najpre, pribegle uobičajenom izgovoru kako su ugovor o istraživanju „đavolje rude“ (meštani su uporno ostajali pri tom nazivu) potpisali bivši upravljači. Kada im je skrenuta pažnja na to da je otad proteklo mnogo vremena, ili – još određenije – da vladaju već jednu deceniju te da, prema tome, snose odgovornost za ono što se danas dešava, pojavu novih kopova predstavili su kao početno istraživanje koje samo prethodi još nepostojećem dogovoru. Da li će do njega doći zavisiće, kako su izjavili, od spremnosti rudarske kompanije da u potpunosti preduzme sve mere za očuvanje životne sredine.

Kada su meštani, uprkos obećanjima, ostali čvrsto rešeni da ne dopuste skrnavljenje zemlje, Hijena je, kao znak dobre volje, ponudila da se o budućnosti rudarskih istraživanja izjasni „narod“ putem referenduma. Prepredeno predlažući demokratsko izjašnjavanje, ona je računala na već uhodani mehanizam kupovine glasova ucenom i zastrašivanjem, ali takođe i ponudom zaposlenja ili, još jednostavnije, najobičnijim podmićivanjem.

Izvlačeći još jednog zeca iz opsenarskog praznog šešira, obećala je da prekopavanje Malinjaka neće početi pre nego što se izradi „studija izvodljivosti". Propustila je, naravno, da kaže kako te studije naručuju i dobro plaćaju upravo rudarske kompanije te je, prema tome, njihov ishod već unapred poznat. Kao što se dobro čuvala da ni za živu glavu ne otkrije kako će glasiti pitanje koje se, takođe sa izvesnošću, naslućuje.

Kako se moglo zaključiti iz najezde izjava puštenih s povoca tobožnje nepristrasnosti, pitanje je već izabrano. Ono će, nezavisno od toga kojim će rečima biti izraženo, glasiti: „Da li ste za to da postanete bogati, ili da ostanete siromašni?"

Pa ko bi odoleo tako zavodljivoj ponudi? Pitanju koje ne ostavlja ni najmanje prostora za nedoumicu?

Da je najavljeni referendum samo dimna zavesa da prikrije već utanačeni posao svedočilo je nastojanje vlasti da, već ustaljenim vratolomnim lupinzima, upregne svu medijsku mašineriju da odbrani životne sredine pripiše političke pobude. Obnevidelima je to smaklo koprenu sa očiju. Pomoglo da shvate da je dimna zavesa satkana od obećanja novih radnih mesta i većih prihoda samo dronjava ponjava laži.

Da je pokret za odbranu životne sredine poprimio opštenarodni karakter videlo se po tome što su ga podržali i pesnici, koji su dotad bili više poznati po blagotvornoj naravi. Da stihovi imaju više pobunjenički nego pomirljiv karakter potvrdio je jedan od njih koji je, da ne bi bilo zabune, svoju pesmu naslovio:

PROTEST

Staru planinu napada nova klasa,
Klasa izvora-ždera i reko-pija,
Oduzima narodu osnovno pravo glasa
Profiterska, belosvetska fotokopija!
Ponižavaju Balkaniju, ne poštuju zakone,

Dok kukaju kukureci i plaču žalfije,
Iza korumpirane vlasti traže zaklone,
Ubice prirodopisa i geografije!

Dok ne čuje Bog, dok se narod ne probudi,
Dok ne nikne raskovnik u ljutom kršu,
O iskonskom pravu srna, medveda i ljudi
Neće ćutati pesnici, pevaće uglas,
i preostali ljudi.

Kao što u vrele dane požar guta sasušenu travu tako se i pokret za odbranu životne sredine nezaustavljivo širio ne samo među ratarima čiju zemlju su otimali za rudarske kopove već i u gradovima u kojima su zatravljene površine zalivane betonom, a umesto posečenog drveća podizani jarboli.

Arhitekta starog kova nadimak je stekao na osnovu uskladištenog ogromnog znanja o tome kako treba da izgleda grad po meri čoveka. Ma koliko neobično, Neimar je ličio na svog davnašnjeg pretka iz doba pleistocena starog blizu pet miliona godina. Nije, naravno, imao duge savijene kljove, ali su isto tako dugi beli brkovi lako mogli da se zamisle kao kljove.

Od njegovih oštroumnih zamerki najviše su zazirali nedoučeni urbanisti i lakomi preduzimači, ali i grabežljive vlasti. Devojka čijeg se imena retko ko sećao zadobila je legendarni status veverice po tome što se, kao i njena istoimena toplokrvna zverčica, vešto verala i uz glatka stabla i skakala s drveta na drvo. Bila je, otuda, nesavladiva prepreka za drvoseče koji se nisu usuđivali da poseku stablo na koje se, uprkos nadimku veverica, uspentrala ljupka devojka.

3.

OKOVANI GRAD

Motreći kroz zamagljen prozor kafane kako vetar nosi stare novine i kači plastične kese po ogolelom granju drveća, Neimar (poznatiji po nadimku Mamut) zapitao se kada je počelo okivanje grada. Nije mogao pouzdano znati da li je to bilo svesno ili nesvesno, naloženo ili hotimično, ali znao je nešto drugo: bilo je neizbežno.

Čemu se, uostalom, nadao? Da će nedoučeni urbanisti i halapljivi preduzimači propustiti priliku da unakaze grad? Da će, umesto okamenjenih ulica, ugledati Versaj ili Semiramidine viseće vrtove? Dok je odsutno zurio kroz zamućen prozor, iz kafanskog zvučnika treštala je pesma poznatog kantautora.

Da se pitam, ja bih betonirao travu
I ofarbao tamnobraon svaku vodu plavu
Nekako bih probušio tanki sloj ozona
A zemlju bih zaštitio kesom od najlona

Da se pitam, ja bih posekô sve šume
I za ukras postavio od traktora gume
Kiselinom ja bih zemlju navodnjavô
A decu bih svaki dan rendgenom slikavô

Da se pitam, nasred grada ložio bih kazan
Svako bi mi jeo, zna se, ručak jednoobrazan
Praznikom bih instalirô oko glave lovor
I narodu održô sledeći govor:

Beton, beton, samo beton
Beton nama treba
Jer iz trave opasno nas ljuta zmija vreba

Dotad mamurni i mrzovoljni gosti, klonuli na stolove prekrivene prljavim i vinom ispolivanim stolnjacima, odjednom su se prenuli mašući rukama i braneći se od bučne muzike kao od komaraca. Za razliku od pijanih gostiju, Mamut je svoja osećanja zgusnuo u samo tri reda. Bolje reći pozajmio iz *Abadona anđela uništenja* Ernesta Sabata:

Zbrisao je asfalt u jedan mah
Staru moju četvrt
Gde dođoh na svet.

Što je više o tome mislio, s vidljivom potištenošću, to je sigurniji bio da kult betona ne potiče samo od njegove čvrstine. Da je predmet obožavanja i zbog metafizičkih svojstava. Kao simbol utamničenja i zatvorenosti, neka vrsta oklopa koji se navlači na preostala zapuštena i na izdisaju zelena pluća grada.

Kao i uvek savestan, Neimar s nadimkom Mamut potražio je u enciklopediji od čega se beton spravlja. Saznao je tako da se smeša od cementa, šljunka i peska ovlažena vodom stvrdne kao kamen. Da se, za još čvršću podlogu, preporučuje drevni recept za koji je korišćena mešavina vulkanskog pepela, krečnjaka, grumenja stena i morske vode. O trajnosti takve građe svedoče, najzad, rimski akvadukti, putevi, mostovi, pristaništa, lukobrani i nasipi koji još odolevaju vremenu.

Da je interesovanje za drevni recept imalo karakter opsednutosti svedočio je nalog lika iz Gradske uprave – koji je na glas izašao po obožavanju betona i nadimku Piskavi Gmizavac – da se ispita da li su svi vulkani u Balkaniji ugašeni. Da li, možda, postoji način da se nekako probudi planina kraj glavnog grada koja je sačuvala obličje vulkanske kupe?

Iako su geolozi izrazili sumnju da je tako nešto moguće, ljubitelj betona nije odustao od pokušaja da oživi ugašeno žarište. Na to je upućivala i pojava džinovske bušilice koja je i danju i noću svrdlala na vrhu planine. Kao kada se džaranjem razbuktava vatra, i ovde je to imalo istu svrhu. Piskavi Gmizavac, uostalom, nije krio da mu je namera da se domogne pepela tako što bi probudio činilo se zauvek ugušeni vulkan. Za morsku vodu bi se već lakše postarao. Dovozila bi se cisternama s mora na koje Balkanija nije imala izlaz.

Ali zašto, zaboga, vulkanski pepeo, pitao se Mamut, kada se beton može spravljati i od peska i šljunka, kojih u Balkaniji ima u izobilju. Odgovor je dobio s neočekivanog mesta. Iz kafanskog zvučnika iz koga je neprestano treštala oda betonu.

Nije hteo da se prepusti proizvoljnosti, slučajnosti, halucinacijama, najzad. Hteo je lično da se uveri kako mu se ništa ne priviđa. Pre nego što se upustio u pribavljanje dokaza o novoj sekti ljubitelja betona morao je da se, kao pred operaciju, anestezira trećom čašicom rakije. Nije mu to pomoglo. Sišavši s gradskog platoa do rečne obale, sve više se gušio kao pilot u kabini aviona kome je ponestalo kiseonika.

Kao da je od svog prirodnog zaleđa odeljena zidom, reka je bila opasana grudobranima od betona. Umesto da olakšaju prilaz, graditelji *Balkanije na vodi* zakrčili su obalu stambenim kulama koje su već ošamućenom Neimaru ličile na zidine starinskih tvrđava sa čijih se bedema na osvajače prosipaju ključalo ulje i svakojaka pogan.

Dok je, sa sve većom nelagodnošću, krčio put kroz betonske tesnace, Neimar je s vremena na vreme upirao pogled naviše. Nimalo se, zaista, ne bi začudio da ga s visokih kula zaspu strelama i kamenjem. Najviše od svega mu je smetalo što su kiklopske gromade (crveno svetlo na vrhu kule podsećalo je na jednooke gorostase sa Sicilije) zaklanjale pogled na reku.

Kao kad fotograf na starinskom aparatu prekrije blendu crnim platnom, s tom razlikom što je u ovom slučaju „platno" od betona bilo neotklonjivo. Pobodeno u zemlju da pogled trajno utamniči. Da horizont svede na nekoliko koraka. Kao u zatvorskoj ćeliji. Ni makac od zida.

Mamut je – kao slepac sa ispruženom rukom ispred sebe – oprezno opipavao put. Sasvim blizu obale naišao je na traku zemlje sa zasađenom travom i podjednako uske staze za bicikliste i pešake. Neodoljivo su ga podsećale na duge mašne. Dovoljno je bilo da se čvor malo snažnije pritegne da se uguši.

Kao osvetljena bleskom munje, u svesti mu se javila slika Aristotelove obale u Solunu. Široka kao pista aerodroma koja se na jednoj strani otvara prema blago propinjućim padinama grada, a na drugom prema beskrajnom obzorju mora.

Dovoljno je bilo da u svest dozove tu sliku da ponovo prodiše kao da je na aparatu za veštačko disanje. Aristotelovu obalu doživljavao je kao prostor u savršenoj harmoniji s drevnim crkvama, otmenim palatama, zanatskim radnjama, pijacama sa zelenišem i ribarnicama. Kao vatromet boje i zvuka koji se, odazivajući se blagoslovenom zovu mora, uliva bez žurbe i plahovitosti u beskrajno plavetnilo.

Za Mamuta je to bilo poklonjenje širini i otvorenosti i u njima otelotvorenoj slobodi. Ničega između. Nikakve betonske prepreke. Samo nežan zagrljaj prirode i čoveka.

Da su i savremeni neimari nešto naučili od starih Grka uverio se u Braziliji i u novim gradovima u Sibiru, gde su širine bulevara nadmašivale i aerodromske piste. Gradovi moraju da dišu, zavapio je iz sveg glasa, kao da je i njemu samom ponestalo vazduha.

Želeći da se uveri da li kiklopske izrasline zaklanjaju i pogled na grad sa reke, zamolio je prijatelja alasa za kraću plovidbu duž obale. Kao što je i pretpostavljao, od visokih kula grad se nije video. Ni stare palate. Ni tornjevi crkava. Kao da je plovio kroz klisuru nepoznatih predela sa čijeg dna pogled nije dopirao dalje od turobnih zidina.

Da se sabere vratio se u kafanu, u kojoj je rakija od šljive bila isto toliko isceljujuća koliko rakija od šećerne trske u Rio de Žaneiru. Ponovo je osetio teskobu. Kao da su mu na grudi natovarili tešku betonsku ploču, počeo je da se guši pritisnut nepodnošljivim teretom. Nije znao kako da se nosi s nestajanjem stare Balkanije, koju su zahuktali buldožeri sravnjivali sa zemljom kao da žele da pokopaju ionako malobrojne belege drevne prestonice. Ma koliko se upinjao nije uspevao da se povrati od uverenja da je, na nepovratan način, prevladala dekorativna pustoš. Da živi u vremenu, o tome je već mislio s podsmehom, u kome „neprijatelji patine“ nemilosrdno satiru i ruše sve što ima makar blede otiske tradicije i prošlosti.

„Kod njih bi“, gorko se nasmejao, „i Rim loše prošao. Previše je star da bi podneli njegovu dugovečnost. Srušili bi ga bez milosti da ožiljke zaliju betonom.“

Iako je Udruženje neprijatelja patine bilo tek u osnivanju, delovanje članova udruženja osećalo se na svakom koraku. Kao da Balkanija pre njih nije ni postojala. Grad kakav je znao i voleo i doslovno je nestajao pred njegovim očima.

Dok je mislio o tome na pamet mu je padala grčka četvrt u Istanbulu koja se, napuštena, širila kao tamna mrlja. Iako se poređenje nametalo, razlozi za urušavanje nisu bili isti. Veći deo grčkog življa iselio se iz starog gradskog jezgra, te su i kuće u kojima su dotad živeli, bez nege i održavanja, počele da propadaju. Prirodno su, otuda, starile s brazgotinama koje pozno doba ostavlja ne samo na ljudima već i na starim zgradama.

Razlozi za urušavanje Balkanije bili su druge prirode. Poticali su, s jedne strane, iz neukosti i odsustva graditeljske kulture, a sa druge iz gramzivosti, prostote i bezobzirnosti.

Ispijajući novu čašu rakije, Neimar je s gorčinom zaključio da ta vrsta bezočnosti nije pogodna građa za Šekspirov *San letnje noći*, ali je svakako dovoljna za još tuce *Mletačkih trgovaca.*

Što je više o tome kao opsednut mislio, to je bio manje u stanju da se odbrani od zlokobne vizije kako zmije i pacovi jedva čekaju da se vrate na stara staništa. Kao što se, uostalom, uvek vraćaju. Veštice i akrepi osećaju uznemirenost ljudi iznad sebe. Pocupkuju od nestrpljenja da se usele u raskošne apartmane s pogledom na Panonsku niziju kako bi se, grickajući parket, razmnožavali u džakuziju.

Kada se to dogodi, ni Balkanije više neće biti. Nije važno da li zbog toga što će biti zagušena haotičnim saobraćajem. Što neće biti dovoljno vode, ili iz bilo kojih drugih razloga koji će postati vidljivi kada kule u pesku počnu da se urušavaju.

Ko li, bože, samo odlučuje o izgledu grada, žalio se ni sâm ne znajući kome – da li Svevišnjem ili isto tako ravnodušnim i od pića omamljenim gostima kafane.

– O našim životima – pljesnuo je šakom o sto tako snažno da je zvučna membrana odzvanjala kao na koncertu s hiljadama izvođača u Vili Borgeze u Rimu, ili u podnožju Keopsove piramide u Egiptu.

4.

VEVERICA I MAMUT U POKRETU OTPORA

Utonulog u nevesele misli Mamuta je prenuo tresak ulaznih vrata kafane na kojima se pojavio neočekivan, bolje reći neuobičajen gost. Devojčurak na prvi pogled nalik na vevericu. Ne samo zbog sitne građe i riđe kose već i zbog vižljavosti i okretnosti s kojom se provlačila između stolova. Videći da nijedan nije slobodan, zastala je za trenutak procenjujući kome da se priključi.

– Mogu li da vam se pridružim? – odlučila se napokon.

– Naravno – ustao je da primakne stolicu.

Primetivši da je zadihana kao da je upravo izbegla poteri, sačekao je da povrati dah. Nije, ipak, odoleo da upita:

– Da li trčiš za svoju dušu ili te neko proganja?

Devojčurak se nagnuo prema Mamutu da mu, jedva čujno, poveri:

– Ovo drugo.

– Zbog čega, zaboga?

Odmahnula je rukom:

– Duga je to priča. Ne verujem, uz to, da vas zanima.

– Naprotiv. Vrlo me interesuje.

– U redu onda. Vreme je da se upoznamo.

Nagnuvši se ponovo preko celog stola pružila je ruku:

– Veverica.

– To ti je nadimak, zar ne?

– U pravu ste. Što se mene tiče, za početak će mi biti dovoljan vaš. Ako nemate ništa protiv, ponudila bih jedan odgovarajući.

– Baš me zanima koji bi mi pristajao.

– Mamut – ispalila je kao iz topa.

– Mamut – ponovio je bez ljutnje. – Čime sam zaslužio nadimak za koji sam verovao da je trajno pokopan pod ledom?

– Brkovima. Dugim belim brkovima koji liče na kljove mamuta.

Nasmejao se tako glasno da je privukao pažnju gostiju za susednim stolovima.

– Ima li još nešto što mi daje pravo na takav nadimak?

Veverica je smakla ranac s leđa da u njemu nađe odgovor. Iz nereda, bolje reći haosa, u kome se škrgutanje koštunjavih plodova mešalo sa šuštanjem papira, izvukla je napokon debelu knjižurinu. Pre nego što je počela da je prelistava pokazala je naslov na koricama: Bremovo *Životinjsko carstvo.* Mamut je u mladosti čitao istu knjigu, ali se malo čega sećao.

– Da vidimo šta tu piše.

Mamuti su u rodu surlaša među kojima su neke vrste izumrle. Zaleđeni ostaci su u naslagama iz pleistocena na svim kontinentima osim u Australiji i Južnoj Americi. Mamuti su bili veličine današnjeg slona. Imali su duge povijene kljove i runasto krzno. Krajem ledenog doba su izumrli. Od kostiju mamuta izrađivan je prvi muzički instrument u vidu flaute. Do osamnaestog veka se verovalo da su kljove mamuta zubi džinova koji su se podavili u vreme apokaliptičnog potopa.

Neimar je raširio ruke:

– Osim brkova, koji možda liče na kljove, ne vidim nikakvu drugu sličnost s mamutima.

– Slični ste po runastom krznu – Veverica je kroz razdrljenu košulju potapšala Mamuta, alias Neimara, po kosmatim grudima. – Takođe po tome što pripadate vrsti u izumiranju.

– Koja je to vrsta, ako smem da znam?

– Sigurno ne rod surlaša.

– Koji onda?

– Rod buntovnika.

– Misliš da je u izumiranju?

– Ne znam kako je u drugim zemljama, ali u Balkaniji svakako. Pogledajte, uostalom, oko sebe. Koliko ih je u ovoj zadimljenoj kafani?

Zaglédajući se u lica gostiju, Mamut nije video nijedno za koje bi se mogao zakleti da je spremno na bilo kakav otpor. Samo da se, uz piće, žali na nesrećnu sudbinu.

– Pa, nema ih previše – nevoljno je priznao.

– Ja ću vam reći koliko ih je – Veverica je ponovo uzela reč. – Samo nas dvoje. Niko više.

– Hoćeš da kažeš da se od sve te pijane gomile mi jedini izdvajamo otporom? Buntovništvom kako ti kažeš.

– Da. Upravo to hoću da kažem.

– Kako se to svojstvo ispoljava?

– U vašem slučaju pobunom protiv urušavanja grada. U mom otporom protiv zatiranja prirode. U nepristajanju na okivanje grada betonom.

– Ne vidim da sam u stanju bilo šta da promenim. Kako tebi uspeva?

– Tako što se penjem na drveće koje nameravaju da poseku. Još se ne usuđuju da obore stablo na kome je živo biće.

Mamut je pažljivije osmotrio Vevericu. Primetio je da oko ramenâ ima dug smotan konopac, alpinističku sekiricu i još neka veziva, a na glavi planinarsku kacigu.

– Mogu li da zavirim u tvoj ranac? – uljudno je zatražio.

– Naravno.

Kao što je i očekivao, pronašao je baterijsku lampu. Nije se nadao nečem drugom. Da će u rancu zateći, takođe, gas-masku.

– Korisna je kad nas zaprašuju suzavcem.

– Tako znači. Spremna si da se zaštitiš i odbraniš – Mamut je malenu zverčicu gledao sa sve većim poštovanjem.

– Pa moglo bi se reći da ništa ne preduzimam nasumično.

– Gde si sve to naučila, živo me zanima.

– Ako vas interesuje da li sam išla u neku školu u kojoj se to uči, odgovor je odrečan.

– Hoćeš da kažeš da si samouka?

– Upravo to. Veštine koje sam stekla i oprema koja mi u tome pomaže nemaju zanatski karakter.

– Čemu onda služe?

– Da opstanem. Eto čemu.

Mamut je zavirio u Bremovo *Životinjsko carstvo.*

– Pa da vidimo šta piše o veverici?

Pre nego što je počeo da čita dugo se iskašljavao kao glumac koji pre izlaska na scenu želi da pročisti glas: *Jedina nepripitomljena životinja koja od davnina deli životni prostor s ljudima.* Posle svake pročitane rečenice zastajao je da osmotri Vevericu. Da proceni osnovanost enciklopedijske odrednice.

– Da li je to tačno? – upitao je.

Veverica je klimnula glavom.

Dugo se održava na drveću, te su joj udovi prilagođeni penjanju. Vešto se penje po deblu i granama i strmoglavo spušta. Vrhunski je akrobata koji može da se uzvere na svako drvo i održava ravnotežu i kada hoda po tankim grančicama i skače sa drveta na drvo.

Veverica je klimanjem glave još jednom potvrdila istinitost opisa.

Krzno joj je crvenkastosmeđe boje.

Veverica je smakla kacigu sa glave, s koje je pokuljala bujica crvene kose.

– I to je tačno.

Ima snažne sekutiće koji neprestano rastu. Da ih istroši gricka i glođe po ceo dan koru drveća i sve što dograbi.

Ne čekajući potvrdu Mamut je, više za sebe, promumlao:

– Takođe i kožu progonitelja i hajkača.

Prvi put nije pohitala da to potvrdi. Usprotivila se, naprotiv, opisu kao jednostranom.

– Ne ljuti se – Mamut se dobrodušno pravdao. – Bio bih srećan da imam na čemu, kao ti, da oštrim zube.

Veverica se pomirljivo nasmešila, što je moglo samo da znači da je prihvatila Mamutovo izvinjenje. Godilo bi mi – poveravao se sagovornici – da me umesto kao vrstu u izumiranju opisuju kao *živahnu životinjicu dobrog sluha, vida i njuha. Kao izuzetno oštroumno stvorenje koje nalazi izlaz iz najzamršenijeg lavirinta.*

Reći ću ti još nešto: za razliku od opisa tvojih svojstava, u slikama tvog okruženja naišao sam na krupan nedostatak.

– Kakav?

– Među tvojim najopasnijim neprijateljima pobrojani su sova, jastreb, lasica, divlja mačka. Izostao je još jedan – podmukliji od svih. Čovek, koji uništava prirodu i progoni sve koji je štite. I veverice, naravno.

Zaćutali su za trenutak. Mamut da otpije gutljaj rakije. Veverica da začešlja kosu pre nego što je vrati pod svod kacige.

– Znaš li šta me kod tebe najviše zadivljuje? – upitao je Mamut.

– Kod mene? – Veverica se lupkala šapicom po grudima, stavljajući smerno do znanja da ne vidi ništa što u njenoj vrsti zaslužuje pohvalu.

– To što se, kako kaže *Enciklopedija*, ne plašite strašila. Što ste, kada se uverite da vam ne prete, u potpunosti spokojni i mirni.

– Hoćete da kažete kako se ne plašim vlasti?

– Ne volim izričite iskaze, ali ako već istrajavaš, tako je. Možda ti nije poznato, ne znam da li zbog tog svojstva, da je veverica u Indiji sveta životinja.

– Kao krava. – Uopšte nije bila sigurna da joj se takvo poređenje dopada.

– Kao krava – potvrdio je.

Ponovo su zaćutali sve dok Mamut nije upitao, bolje reći zaključio:

– Nisi ovde došla slučajno?

– Pre nego što odgovorim, zamolila bih vas da poručite neko piće.

– Izvini, molim te – Mamut se lupio po čelu. – Posle toliko milenijuma pod ledom i mamuti nešto zaborave. Šta bi, dakle, popila: limunadu, neki sok ili, možda, kafu?

– Ne! Ništa blago ili razblaženo. Duplu ljutu.

Pitao se da li je dobro čuo.

– Duplu ljutu? Rakiju?

– Tako je.

– Nije li... – Mamut je mlatarao rukama mučeći se da pronađe reči kojima bi na odmeren i pristojan način stavio do znanja da je za sićušnu zverčicu tako mnogo žestokog pića previše.

– Ne brinite – kao da pogađa misli sagovornika, Veverica je preuzela inicijativu. – Kao i vama, i meni je poznata deviza starih Grka da je „sve u meri“. Kako bismo izbegli da se mudra pouka izvrgne u kanon, u crkvenu dogmu, moramo dopustiti da je ponešto i u srazmeri.

– Ne razumem šta hoćeš da kažeš.

– Samo to da se značajni dogovori koji predstoje ne mogu zalivati limunadom. Da tako nečemu više priliči žešće piće.

Pozvao je konobara. Sačekao je da se Veverica povrati od prvog gutljaja da joj se poslovno obrati.

– Da čujem šta predlažeš?

Boreći se još za dah, šapćući je izložila plan:

– Već duže vreme pratimo šta pišete i govorite. Dovoljno da zaključimo kako bi bilo korisno da udružimo snage: iskustvo i znanje Mamuta sa okretnošću i poletom Veverice.

– Da udružimo snage? Za šta? Protiv koga?

Nije odmah odgovorila. Kao prekaljeni kafanski gost dugo je ispijala rakiju pretvarajući se da je prečula pitanja. Kada je vreme za dramsku pauzu isteklo, pogledala je Neimara pravo u oči. Pogledom zverke koja se ne hrani samo koštunjavim plodovima, orasima i lešnicima. Koja takođe zna da zagrebe sve dok krv ne poteče.

– Čovekolikom Mamutu koji je toliko dugo bio pod ledom, čije je pamćenje duže od istorijskog, koji je uskladištio sva znanja ovoga sveta o tome kako treba da izgleda grad, ne priliči da izigrava naivno i bezazleno biće. Dobro vi znate i za šta i protiv čega se borimo.

– Voleo bih da to i od tebe čujem.

– Borimo se protiv štetočinske vlasti. Za očuvanje prirode i uređenih gradova. Najzad, i za sâm opstanak.

– Zvuči pomalo patetično.

– Ne znam koliko ste, gospodine Mamute, poznavalac muzike, ali ako jeste, morali biste znati da su patetične simfonije najpotresnije. Da poseduju veliku snagu, kao vodena bujica kroz razvaljenu branu.

– I dalje ne znam šta predlažeš. Da osnujemo partiju ili pokret, ili da delujemo podzemno, iz ilegale.

– Za početak je dovoljno da osnujemo udruženje čiji će program već i samim imenom biti suprotan postojećem, vladajućem. Nekog bezazlenog imena, Udruženje ljubitelja patine (naspram Udruženja protivnika patine) na primer.

– Zašto tolika tajanstvenost?

– Zato što će članovi Udruženja biti izloženi progonu. Uhodiće nas, pratiti, vređati, zastrašivati, hapsiti i prebijati i – u mom slučaju – zaprašivati. Ponekog će, da se ne zavaravamo, ubiti. Neće to, naravno, priznati. Za mrtvu vevericu u podnožju drveta reći će da se okliznula s grane.

– A za mamuta? Šta će reći za mamuta?

– Reći će da su ga, za njegovo dobro, vratili pod led. Da se ne ukvari.

Mamut je grohotnim smehom još jednom privukao pažnju kafanskih gostiju.

– Znači li to, sigurnosti radi, da ostajemo pri nadimcima?

– Tako je.

– Čini se da je za tako mali, gotovo ništavan broj članova Udruženja, kažem to naravno sa žaljenjem, previše načina da nas potamane.

– Ko kaže da nas je malo?

– Zar nisi malopre rekla da ih je, u prepunoj kafani, samo dvoje. Ti i ja. Niko više.

– Previđate da je reč o pokretu u nastajanju. Da će nas biti sve više.

– A dotle? Gde ćemo se skrivati?

– Ne znam za vas jer se zbog klimatskih promena led otapa i na Antarktiku, ali za sebe znam: skrivaću se u krošnjama drveća.

Još jednom su prasnuli u smeh, nešto prigušeniji.

– Možda bih, dok led ne očvrsne, mogao da potražim utočište u nekoj zemunici. U katakombama, kao prvi hrišćani.

– Zašto ne? Ako su oni preživeli, i vi ćete.

– Pa nisu svi preživeli. Neki su i razapeti.

– Ali su zato dospeli u kalendar, što znači da će živeti večno.

– Znaš šta, dete, kao što tebe zanima da li sam upućen u klasičnu muziku, i mene interesuje koliko ti poznaješ istoriju? Potvrdan odgovor bi značio da znaš da buntovnici nisu žudeli za večnošću na onom svetu, već za promenama na ovom.

– Pa počnimo onda s njima.

– Kako?

– Za početak bismo sazvali osnivačku skupštinu, na kojoj bi vama bilo povereno uvodno izlaganje. Nešto kao izveštaj o stanju nacije, kako se obično naziva obraćanje predsednika narodu.

– Gde bismo tu skupštinu održali?

– Bilo gde. Znam za tako nešto jedan bircuz na reci.

– Zar nisi sama rekla da nas uhode i prate? Neće nam dozvoliti javni skup.

– Ko bi, bože, pomislio da ste vi mamuti tako naivni? Naravno da skup nećemo prijaviti kao okupljanje protivnika vlasti.

– Nego kako?

– Postoji milion izgovora da se zakupi kafana. Za proslavu rođendana. Za obeležavanje godišnjice mature.

– Misliš stogodišnjice.

– Za bilo šta. Nije, najzad, važno zbog čega se okupljamo.

– Pod uslovom da ima ko da se okupi – primetio je podrugljivo. – Imajući u vidu odsustvo otpora, možda bi bilo celishodnije da umesto kafane zakupimo sto.

– To što ste upravo izjavili knjižiću kao dosetku. Nikako kao očaj. Ne verujem, najzad, da s tako zamašnim iskustvom ne znate da istorijski najznačajnije promene počinju malim brojem. Da ih pokreće posvećena grupica ili čak samo jedan bogočovek. Da nema usamljenijih ljudi od začetnika prevrata ili preokreta, ako vam tako više odgovara. Duga je lista imena, od Hrista do Bude, koji svojim postojanjem to dokazuju. Kada im se u većem broju i drugi pridruže – iako se čini da je još u toku – borba je već okončana.

– Ne razumem sasvim šta hoćeš da kažeš.

– Samo to da se ishod svake bitke odlučuje već na izvoru. Kao kod sliva velike reke, sve što u izvorni tok potom utiče samo su pritoke.

– Bez kojih bi glavni tok presušio.

– Ne vidim u tome nikakvu protivrečnost. Samo sam htela da ukažem na to da na izvoru nikada nema vode u izobilju. Da ne razumem vašu zabrinutost što nas na početku neće biti previše.

– Ne brine mene što nas na izvoru neće biti dovoljno. Brine me što ne vidim ko će nam se i kasnije pridružiti. Ne bi mi prijalo da se nađem u isušenom koritu.

– Zašto unapred podležete beznađu? Da li će korito biti puno vode ili ispražnjeno, makar malo i od nas zavisi.

– To me i brine. Pogledaj, uostalom, oko sebe. Šta vidiš? Pijanu rulju koja utihne samo kada je na televizijskom ekranu rasplet neke otužne serije.

– Pa ne bih rekla da gosti u ovoj birtiji mogu da posluže kao pouzdano merilo o stanju nacije.

– Naprotiv, oni su upravo to što istraživači javnog mnjenja opisuju kao „reprezentativan uzorak". A ne bih rekao da taj uzorak nešto obećava. Iskreno govoreći, ni sâm ne znam s čime da poredim zemlju u kojoj živimo. Od iskušenja da je zamislim kao balkansku Atlantidu odvraća me to što još nije potonula. Od one izvorne razlikuje se, najzad, i veličinom. Legendarno ostrvo je, prema Platonu, imalo kontinentalne razmere, ali ni tako nije bilo dovoljno veliko da ga ne proguta okean. Prigodnije je, otuda, da je poredim s Luzitanijom: rimskom provincijom na Pirinejskom poluostrvu na mestu današnje Portugalije. Još zloslutnije zvuči da je istim imenom nazvan engleski parobrod koji su 1915. godine Nemci potopili kraj južne obale Irske. To već zaudara na propast jer se, tom prilikom, više od hiljadu ljudi utopilo.

– Možda – više je naglas razmišljao nego što se obraćao Veverici – pridajem preveliku pažnju materijalnom svetu. Ako su, prema Platonu, vidljivi predmeti samo propadljive predstave večnih ideja, zbog čega se toliko potresam zbog *Balkanije na vodi*? Ako su, kako kaže znameniti filozof, jedino one održive, zbog čega se tada bavim onom jedinom neodrživom?

Od iskušenja da *Balkaniju na vodi* zamisli makar samo kao utopiju Neimara je odvraćalo i tumačenje tog pojma sadržanog u grčkom „U" i „TOPOS", kao zemlje koja ne postoji. Iako je engleski humanista i državnik Tomas Mor *Utopijom* nazivao državu sa idealnim društvenim uređenjem, koje je postojalo samo u njegovoj mašti, ime se održalo i za sve druge neostvarive zamisli.

– Ne razumem kakvu filozofiju propovedate – Veverica se vidljivo uzvrpoljila. – Filozofiju beznađa ili filozofiju otpora?

– Pošto ste mi za Osnivačku skupštinu poverili uvodnu reč, nije moguće da se u njoj ne govori i o stanju nacije.

– Prihvatili ste, znači, ponudu.

– Naravno da sam prihvatio. Znaš li možda zašto?

– Pojma nemam. Mogu samo da nagađam.

– Nisam mogao da odolim nazivu koji si izabrala za udruženje.

– Mislite na Ljubitelje patine?

– Upravo na to. Kada već o tome govorimo, da li si bila u Rimu?

– Više puta. Nedovoljno, nažalost.

– Dovoljno ipak da zapaziš koja je boja najviše prisutna u gradu. Takoreći kao zaštitni znak Večnog grada.

– Terakota – Veverica je nesigurno odgovorila.

– Naravno, terakota.

Mamut se postarao i za stručno objašnjenje:

– „Terakota je neglazirana glinena materija crvenkastožućkaste boje kojom se premazuju zidovi, kupatila i podne pločice." Ne mislim samo na premaz u zanatskom smislu već i na nešto što se stolećima taloži u očima putnika iz Rima, kao postojano i nepromenljivo obeležje Večnog grada. Kao sećanje na boju koja je u punom, harmoničnom skladu sa istorijskim i prirodnim okruženjem. S patinom s kojom se poistovećuje.

– Prihvatili ste, znači, da predvodite Udruženje iz estetskih pobuda – našalila se Veverica.

– Pa one su prisutne u samom nazivu Udruženja. Zbog čega bismo se toga stideli?

– Šta vas onda brine?

– Brine me odsustvo odziva. Pitam se zato kakvu bi razornu snagu morao imati zemljotres da se na duševnom seizmografu žitelja Balkanije iglica makar malo pomeri. Ma koliko se trudio da pronađem odgovor, nisam odmakao dalje od pomisli da je cela nacija obolela od „emocionalnog ludila". Nisam taj pojam izmislio. On u medicini zaista postoji da opiše stanje apsolutne ravnodušnosti u kojem ljudi nisu sposobni ni za kakva osećanja. U čijim dušama je samo praznina, ne zbog toga što ih je opustošio razarajući vihor, već zato što, kao u kamenoj pustinji, ni ljubav ni mržnja ne ostavljaju nikakav trag. Jasno mi je, naravno, da do tako jadnog stanja svesti nije došlo naprečac. Da je ono metodično i dugo negovano. Da nije posledica slučaja, već sistema koji se u Balkaniji duboko ukorenio.

Kao da joj ozbiljnost Mamutovih reči nije dopirala do svesti, Veverica je povratila mir.

– Da li si me uopšte slušala? – upitao je.

– Naravno da sam slušala.

– Šta te, onda, čini tako spokojnom?

– Dogovor. Savez koji smo upravo utanačili.

– Zar te nesrazmera u snazi nimalo ne uznemirava? Razlika u broju?

Veverica se ukipila, kao i obično kad namerava da obznani nešto važno:

– Nadam se da ovo što ću reći nećete shvatiti kao nepristojnost.

– Samo ti ispovrti sve što ti je na umu. Ne usteži se.

– Pa kad je već tako – izgovorila je to s jedva primetnom dozom drskosti – evo šta ja mislim: nećete se ljutiti ako – uza sve poštovanje za iskustvo i znanje jednog mamuta – primetim takođe da se loše snalazite u istorijskim analogijama.

– Budi određenija.

– Pa podsetiću vas na nešto što smo već ranije pominjali.

– Šta to?

– Sadržano je u samo jednoj rečenici.

– Da čujem.

– Da je mnogo pravednika, ne bi bio samo jedan Isus.

– Da bismo prevladali, mora nas ipak biti više.

– Nije li hrišćanstvo pobedilo? Uprkos brojčanoj nesrazmeri, kako vi kažete.

– Istina je, ali u drugačijim prilikama.

– Kakvim?

Veverica je s neskrivenom ljubopitljivošću čekala na razjašnjenje.

Kao u Hičkokovim filmovima, Mamut se postarao da napetost naraste do trenutka kada će odgovor najsnažnije odjeknuti:

– Rimljani nisu imali televiziju.

5.

ISTRAGA

Savet nacionalne bezbednosti (SNB) sazvao je hitnu sednicu sa samo jednom tačkom dnevnog reda: *Udruženje ljubitelja patine.*

Iako bi takav naziv više odgovarao nekoj zbirci pesama, učesnici savetovanja su na skup dolazili smrknutih lica kao da je njime najavljen smak sveta. Dovoljno je, najzad, bilo to što je Amon u svojstvu Vrhovnog zakazao sednicu da se na njoj pojave, kao kod podešavanja slike na televizoru, sa odgovarajućim zabrinutim fizionomijama.

Prvi je prispeo ministar policije, bolje reći njegov „grupni portret s damom", u čijem su se ramu, zajedno s ministrom, tiskali namrgođeni policajci i telohranitelji uz nekoliko nafrakanih dama i nekih bezimenih likova koji su se tu našli da popune prazninu slike.

Iako se svojski trudio da svom liku utisne obeležje najveće moguće dramatičnosti, vojskovođe uoči odsudne bitke na primer, nije dospeo dalje od Pogrebnika koji se upravo vratio sa sahrane. Takvom utisku uveliko je doprinela crna odeća, crna košulja i čak crna mašna što je, sve zajedno, ionako mračnu sliku bojilo još mračnijim bojama.

Ministar vojske takođe je prispeo među prvima.

Uprkos različitoj pojavnosti, ministri su u podražavanju Amona ličili na blizance. Nastojanje da što više nalikuju Amonu, da se poistovete s njim u govoru i u načinu na koji to čine, uključujući ne samo ton već i jačinu glasa s poslovično dramatičnim pauzama i propratnim pantomimičarskim gestovima, činilo je od njih – svem trudu uprkos – samo ucveljene pajace.

Padali su u oči još nečim: pošto se među sobom gotovo nisu razlikovali, bili su lako zamenjivi. Mogli su se, otuda, bez teškoća zamisliti kao žive figure poput onih koje se na trgovima u nekim gradovima viđaju na kamenim šahovskim tablama. Na figure koje se u partiji ruše da se, po njenom okončanju, ponovo postave.

S radoznalošću je očekivan dolazak Vrhovnog, jer jedina tačka dnevnog reda svojom enigmatičnošću ništa nije govorila. Amon je bio taj koji je trebalo da razjasni njeno značenje, kao što je, uostalom, i sve drugo razjašnjavao: od medicine do lovostaja, od odnosa s Burundijem do stanja u pravosuđu. Imajući u vidu tako sveobuhvatne, razuđene sposobnosti, više je ličio na Alaha nego na hrišćanskog boga, te se samo čekalo da se neko iz njegovog okruženja doseti da mu, uz već postojeće atribute, dodeli još jedan: *Svemogući*.

Stizao je, kao i uvek užurbano, kao da ga gone sve ale ovoga sveta.

Slušajući vesti o sednici Saveta nacionalne bezbednosti, Mamut je manje bio posvećen sadržaju sednice a više likovima koji su na tom skupu bili prisutni. Potišteno je mislio o tome kako se samozvanci među sobom ne razlikuju. Čak i kada ih razdvajaju kontinenti i okeani, svi liče jedni na druge kao da su nastali iz istog jajčanog semena. Nezavisno od toga kojim jezikom govore, iz kakve sredine potiču, u kakvom vremenu žive, svi su – bez izuzetka – opsednuti vlašću.

U tom smislu nema među njima nikakve razlike. Čak ni između književnih likova kakvi su Markesov u *Jeseni patrijarha*, ili Augusta Roa Bastosa u romanu *Ja, Vrhovni*.

Svi *Vrhovni* su u suštini isti.

Neimar se u takvom sudu nimalo nije kolebao. Živeo je, najzad, kao član ekipe Korbizijea i drugih velikih svetskih graditelja u državama u kojima su diktatori nicali kao pečurke. Kao i kockarnice i bordeli kojima su, čudovišnim betonskim izraslinama, okivane plavetne devičanske plaže okićene đerdanima smaragdnog rastinja.

Kao u Borhesovoj prostoriji sa ogledalima, u liku samo jednog diktatora ogledali su se i svi drugi. Kao da su sve radionice ogledala jedino njima služile, bili su *Sveprisutni*. Ma o kome od njih se govorilo, govorilo se o svima.

Postojale su doduše i razlike. Ne toliko u suštini koliko u scenografiji, za javnost namenjene, režirane predstave. Amon je na sednice, naročito na one koje je iznenada zakazivao, redovno dolazio smrknut, ili makar samo zabrinut. Za neupućene su, otuda, okupljanja najviših zvaničnika Balkanije najviše ličila na komemorativne skupove na koje su, podražavajući Amona, prispevali pogruženi i ucveljenih lica. Iako je i to bilo dovoljno da prvobitna potištenost još više naraste, Mamuta je u još crnji očaj bacalo okruženje Vrhovnog.

Da se koliko-toliko pribrano nosi sa slikom, u kojoj se klonovi Amona još u podnožju piramide nadmeću ko će pre da se uspuže do vrha, morao je da se „anestezira", kako je šifrovano nazivao posezanje za još jednom čašom pića.

Među mnogima koji su se tiskali u podnožju piramide Mamut je izdvojio Piskavog Gmizavca, koji je za njega bio apsolutni antropološki fenomen. Nije prosto bio načisto u šta da ga svrsta i kako da ga opiše. Ne zato što se nije isticao ničim posebnim već što je, naprotiv, naopakih svojstava imao napretek. Po dodvoravanju Amonu – kao i svim vladarima kojima je prethodno služio – svakako je pripadao rodu gmizavaca. Nije se, nažalost, izdvajao samo ulizištvom. Postao je takođe muza obožavalaca betona, koji su se među priučenim urbanistima i neukim vlastima sve više kotili. Pročuo se najviše po tome što je, za razliku od bikova na koridi koje je raspamećivala crvena boja, najviše zazirao od zelenih travnatih površina i isto tako zelenih krošnji drveća. Bacao se na svaku travku kao lav na antilopu, kao što je, sa sladostrašćem masovnog ubice, upisivao u raboš svako posečeno drvo.

Dok je mislio o tome Mamutu su u svest navirali prizori sa etiopskog dvora, koji su i doslovno mogli da se preslikaju na dvor Balkanije. Valjda je zbog toga znao naizust čitave pasuse iz dela *Car* Rišarda Kapušćinskog:

„Društveno dogovaranje zamenjuje umeće vladanja. Zakon? Što je magličastiji i neuhvatljiviji, što više sadrži opštepoznate stvari, to je bolje za vladara. Za Dvor, vlast? Dobar dvoranin ili državni dostojanstvenik je onaj koji se rukama vezanim korupcijom, lopovlukom ili učestvovanjem u zločinima predaje u ruke vladara, glup i na prodaju, ali veran i 'na raspolaganju'. Javno mnjenje? Isključivo dopušteno kao svedočanstvo o lojalnosti vlastima. Istorija zemlje?

Prihvatljiva jedino u granicama korisnim za 'sliku' vladara. Država? Vladarev veliki privatni posed."

Palo mu je u oči još nešto: da se najviši državni zvaničnici među sobom ne razlikuju. Da svi odreda pripadaju istoj vrsti koju Gustav Herling-Grudinski u *Dnevniku pisanom noću* opisuje kao „čovek masa".

Da u potpunosti zaokruži sliku o podanicima lišenim sopstvene ličnosti Mamut se poslužio i delom *Čovek bez svojstava*, kako je svoj roman naslovio još jedan pisac, Robert Muzil.

Mogao je, otuda, da ih zamisli i kao figure u *Pozorištu lutaka* koje vladari oblikuju od ilovače i blata da ih, kada odigraju namenjene im uloge, isto tako lako odbace.

Iz zvučnika je grmelo kao najava rata: „Beton, beton, samo beton. / Beton nama treba." Sudeći po ushićenju s kojim je prihvaćena zaglušujuća pesma, oda betonu bila je na putu da zadobije status himne.

Učesnici savetovanja su i govorom i pratećom koreografijom sada već imali pouzdan putokaz kuda će ići. Ostalo je, prema tome, samo da se utvrde takoreći tehničke pojedinosti za viziju za koju se založio lično Amon.

Ako je svest o pojedinačnoj sudbini postojala makar u tragovima, svodila se na uverenje da bez sunca nema života. Da se zbog toga svi moraju vrteti i okretati prema njemu pazeći da se ne približe previše, kako se ne bi oprljili, ali i da se ne udalje predaleko kako se ne bi zauvek ohladili. Svešću o tome jedino se može objasniti da su sve zamisli Amona prihvatane bez pogovora. Čak i one koje su sa stanovišta nepristrasnih posmatrača bile besmislene. Takvih je, nažalost, bilo sve više. Množile su se kao virusi u vreme pandemije.

Savet nacionalne bezbednosti usvojio je na kraju savetovanja i određene zaključke. Među njima je najvažniji bio nalog svim policijskim i obaveštajnim službama da pažljivo motre i nadziru sve aktivnosti koje, makar izdaleka, mogu da se opišu kao podrivačko delovanje protiv države.

6.

BRAĆA BLUZ

Amon je bio marljiv đak. Pažljivo je slušao savete Braće Bluz. Ne sasvim „braće", ali srodne po spremnosti da svoje usluge iznajmljuju svima koji ih plate.

Isporučioci i korisnici usluga bili su srodni još po nečemu. Ništa im nije bilo sveto. Za jedne nikada dosta vlasti. Za druge nikada dosta para.

Nezavisno od istovetnosti pobuda Braća Bluz su se međusobno primetno razlikovala. Primenjujući stroga antropološka merenja može se čak reći da nisu imali nikakve sličnosti. Doktor Singer je u Tel Avivu osnovao malu reklamnu agenciju za oglašavanje lokalnih političara. Posao je uspešno krenuo što mu je pribavilo nove probitačne ugovore ne samo u zemlji već i van nje. Za njega se tako čulo i u Balkaniji, u kojoj mu je, za odgovarajuću naknadu, ponuđeno da rukovodi izbornom kampanjom vladajuće stranke.

Iako je lokalne političare predstavljao s mnogo mašte, lično je bio krajnje neupadljiv. U skladu s beznadežno jednoobraznom odećom, fizionomija Doktora Singera više je podsećala na masku nego na lice živog čoveka. Lišen i najmanje osećajnosti mogao se, u najboljem slučaju, opisati kao uzorak čiste racionalnosti.

Partner Singeru u Braći Bluz manje je bio poznat po imenu, a više po nadimku Nauljena Bubašvaba, koji mu je prikačio prijatelj – poznat po opakom jeziku – s kojim se razišao. Ma koliko uvredljiv, nadimak je nepogrešivo izražavao samu suštinu drugog člana savetodavnog dvojca. I pre nego što se priključio agenciji pročuo se po bezobzirnosti s kojom je ocrnjivao političke protivnike. Za razliku od partnera, koji je takve poslove obavljao bez emocija, Nauljena Bubašvaba je sa strašću, bolje reći sa sladostrašćem, uživala u izmišljanju gadosti.

Sve u svemu, partneri su bili savršen par za koji bi se, da nije svetogrđe, moglo reći da su poslovali u „božanskoj harmoniji".

Svim vlastodršcima koji su žudeli za večnom vlašću preporučivali su istu ciljnu grupu: sirotinju. Obrazlagali su takvu preporuku uverenjem da je nju najlakše obmanuti. Više od toga, da pripadnici tog sloja više veruju vlastima nego sopstvenom iskustvu. Podastirući takve nalaze vlastoljubivim klijentima, cinično su poručivali da ne brinu što su protiv njih prosvećeni građani. Takvih je u svakom narodu, uveravali su korisnike usluga, zanemarljivo malo.

Izbori su redovno potvrđivali pomenuto stanovište.

Braći Bluz se mora priznati da su se u podučavanju Amona svojski trudili. Da je bilo dana kada su, i doslovno, padali na nos. Da su, drugim rečima, „pošteno" zaradili svaki cent dogovorene novčane naknade. Bili su dužni da se pobrinu za lični izgled, odeću, manire i gestove, čak i za izbor hrane i pića. Najzad, i za glumačke veštine poslodavca nezavisno od toga da li su izražene rečima ili kao u pantomimi – mimikom.

Već pri prvom susretu Braća Bluz su predočila Amonu da je za političke odluke on jedini ovlašćen, ali da je za način na koji ih obznanjuje obavezan da se pridržava njihovih saveta. Kao i u svemu drugom, uostalom, kada je reč o utisku koji u javnosti proizvodi. (Kako se s vremenom pokazalo, „utisak" je u dugovečnoj vladavini Amona uveliko premašivao značenje tog pojma u običnom životu. Bilo mu je, drugim rečima, najvažnije šta drugi o njemu misle.)

Ne može se poreći da se i sâm svojski trudio da ovlada veštinama „pretvaranja", na šta se, u suštini, njegova „veština vladanja" svodila. Brzo je naučio da ukrsti prste u vidu srca, da pravi „hičkokovske" pauze tobože tražeći pravu reč, da se prenemaže i uzdiše, da menja ton glasa, da šapuće ali i da se nadvikuje, da pogruženo ćuti ali i da glasno preti. Koristio je, drugim rečima, sve alatke kojima se služe i prvaci drame u najvećim svetskim teatrima.

Bilo je to upravo ono što su od njega zahtevali dobro plaćeni učitelji. Da ništa ne kazuje i ne čini bez proračunatosti kakav će utisak ostaviti. Pre svega štedrim obećanjima nezavisno od toga da li će se ikada ostvariti. Uveravanjem da je uspešniji od drugih. Bezobzirnim ponižavanjem kako stvarnih tako i izmišljenih neprijatelja. Podilaženjem, najzad, prostoti i primitivnosti.

Savetnici su prisnim prijateljima poveravali da ugovore s vladama (najčešće autokratskim) nisu zaključivali ni brzopleto ni nepromišljeno. Pre nego što bi se upustili u pregovore temeljno bi proučili stanje u zemlji. Političku kulturu naroda ili njeno odsustvo. Lakovernost i povodljivost biračkog tela ili pak (što se, istini za volju, retko dešavalo) razboritost glasača. Marljivo su, drugim rečima, razmatrali sve činioce koji mogu da utiču na ishod njihovog, ne sasvim neporočnog biznisa.

Bilo im je, naravno, jasno da se do poželjnog stanja svesti nije došlo naprečac. Da je, naprotiv, metodično i dugo negovano. Da nije posledica slučaja već sistema koji je, doduše, prisutan i u drugim zemljama u „prelaznom periodu" (iz ničega ka ničemu), ali se, kako su jednodušno zaključili, u Balkaniji najviše primio.

I pre nego što je ponela sadašnje ime, vlasti su se u njoj svojski trudile da odvrate podanike i od same pomisli da se može drugačije živeti. Ne obavezno i bolje. Samo drugačije. Najpre su, u tu svrhu, koristili grubu fizičku prinudu tako što su zatvarali granice i uskraćivali putne isprave.

Sužavanje vidika nije imalo samo simbolično značenje. U tome se, bez izuzetka, prepoznavala i namera upravljača da spreče poređenje.

Uočivši da su i manje prisilni metodi upotrebljivi, kasnije su koristili i suptilnija sredstva. Zaključili su tako da je estradizacija kulture za potiskivanje intelektualne radoznalosti delotvornija od svih mogućih zabrana.

7.

OSNIVAČKA SKUPŠTINA UDRUŽENJA LJUBITELJA PATINE

Rečna birtija za Osnivačku skupštinu *Udruženja ljubitelja patine* zakupljena je, iz predostrožnosti, s lažnim povodom proslave rođendana. Na oprez su upućivali strah gazde kafane da okupljanje iz bilo kakvih drugih razloga može da se protumači kao dogovor za rušenje vlasti.

Zna se šta bi tada usledilo: najezda poreznika i inspektora koje bi, svojim prijavama, i doslovno zatrpali mehanu. Ni plaćanje svih kazni vlasnika ne bi spaslo propasti. Kada bi iscrpli sav arsenal institucionalnog kažnjavanja, koji bi im podastreli uslužni opštinari, na red bi došle surovije mere. Da urazume neposlušne, vlasti bi koristile usluge paraodreda, neke vrste izopačene mešavine hitlerovskih jurišnika i zveri na dopustu. Njihov rušilački pohod redovno bi počinjao lomljenjem izloga, a završavao razbijanjem glava, kako osoblja tako i gostiju u restoranu.

Imajući sve to u vidu, Veverica i Mamut su bili iskreno zahvalni gazdi birtije, što će reći da su mu ukazivali poštovanje kome se još jedino mogao nadati kandidat za člana Akademije nauka. Zaista je bila potrebna velika odvažnost da se sala ustupi bilo kome drugom osim odanim Amonovim poklonicima.

Kao dugogodišnji kafedžija, gazda je imao dovoljno iskustva da se pretvara kako ne zna koja je svrha okupljanja. Kako ne vidi ništa čudno što se rođendan proslavlja bez muzike. Čak i bez slavljenika jer se priređivači skupa nisu na vreme dogovorili kome da povere tako zahtevnu ulogu.

Veverica i Mamut su se isto tako pretvarali da ne primećuju kako se i vlasnik pretvara. Iako im je, svakako, bilo jasno da dobro zna i kome i za šta iznajmljuje salu. Kao što nepogrešivo zna koja je svrha okupljanja.

Koliko i vlasnik kafane, toliko je i ona sama odudarala od uobičajene slike. I samim nazivom *Bela lađa*, ispisanim slovima nejednake veličine iznad nevešto naslikanog broda, koji je uprkos ljupkom imenu više ličio na deregliju. Da je lađa, nasuprot tmini u kafanskoj špilji, zaista bila bele boje kako je, uostalom, naziv i obećavao toliko je začudilo i samog firmopisca da je iza poslednjeg slova stavio znak pitanja. Dovoljno veliki da se zapitamo šta mu više pobuđuje sumnju: naziv kafane, ili ona sama.

Niko od dolazećih nije ličio na rođendanskog gosta. Bilo je, doduše, više mladih, za koje bi se pre moglo reći da su upravo pristigli s barikada, ali takođe i starijih, s dugom kosom kao da su izmileli iz nekog retro filma o hipi revoluciji.

Bilo je i nepozvanih i nepoznatih, koji su pobuđivali i najveće sumnje. S razlogom, uostalom, jer se nije moglo zamisliti da se bilo šta održava bez znanja vlasti koje su, i doslovno, nadzirale sve i svašta. Čak i ona zbivanja koja su privlačila pažnju samo enigmatičnim nazivom.

Da je tako svedočio je Neandertalac, koji je, jedino uz najveću velikodušnost, mogao da se svrsta u čovekolika bića. I ovoga puta se bavio ustaljenom obavezom. Da za račun policije riče, kroz megafon, kao bivo koga živog deru. Ni njemu samom ni vlasnicima hodajućeg megafona nije, nažalost, bilo jasno šta tačno treba da ometaju. Svest o tome da nema nikakvog smisla da se protive patini suočio ih je s nečim što su najteže podnosili. S neodredivim karakterom skupa. Sa enigmom u destilisanom vidu. Propustili su stoga da Neandertalca upute u to što ometa i protiv čega se buni. U odsustvu određenih uputstava on je, bez teksta, samo mukao. Iako se time srozao za još jednu evolutivnu kategoriju, još je, po inerciji valjda, bio u stanju da neartikulisano zavija.

Bez i najmanje izgleda da podrije enigmu. Da za račun nalogodavaca omete skup koji je pripadao upravo takvoj kategoriji. Ma koliko se upinjali da otkriju šta se krije iza imena *Udruženja ljubitelja patine*, pripadnici bezbednosnih službi nisu razumeli njegovo značenje. Bojazan od nečega što je prevratnički zvučalo još više je uvećano strahom od nepoznatog. Nimalo neočekivano, najzad, jer se na sve novo i različito u Balkaniji gledalo s najvećim podozrenjem. Posebno ako je opisivano rečima stranog porekla koje su se, prema tumačenju vladinih uslužnika, svesno presađivale u domaći jezik kako bi ga iznutra podrile i oslabile. Tim pre što su samo malobrojne uhode znale da se pojmom patine opisuje zelena ili mrka prevlaka na antičkim bakrenim ili tučanim novčićima, kipovima i umetničkim delima.

Bili su, otuda, u potpunosti zbunjeni kada je Mamut u uvodnoj reči pročitao đačku zakletvu iz daleke 1914. godine:

„Zaklinjem se da neću uništavati drveće i gaziti cveće. Obećavam da neću pljuvati po podu u školi, u kući ili na poslu. Dajem reč da neću ružiti i nanositi štetu kućama niti bilo čemu drugom u gradu. Nikada neću bacati hartije i đubre van za to predviđenog mesta. Biću uvek učtiv i uljudan. Štitiću ptice kao i sva slabija stvorenja. Staraću se o tuđoj imovini onako kako bih želeo da se neko brine o mojoj. Obećavam da ću biti iskren i pošten građanin."

Ma koliko se naprezali da u ovoj zakletvi uoče nešto loše, nije im uspevalo. Zvučala je, naprotiv, sasvim prihvatljivo. Više od toga, kao tekst namenjen policijskim pripravnicima.

Veveričin govor takođe nije pobuđivao nikakvu sumnju. Tim pre što je, gotovo u celini, bio posvećen očuvanju zelenila.

Iako ih botanika nije mnogo zanimala, s pažnjom su saslušali izlaganje o listopadnom i četinarskom drveću, novim zasadima, parkovima i drvoredima u gradu i izletištima u okolini. Najzad o važnosti održavanja i očuvanja zelenih površina kao izvora kiseonika i prečišćavača vazduha. Neke vrste, kako je primetila govornica, pluća su grada bez kojih se ne može disati. Iako su samo malobrojni zapazili dramatičnost, takoreći patetičnost ove izjave, iskusniji žbiri su u njoj prepoznali nešto na šta treba da obrate pažnju.

Bili su u pravu jer su, posle iscrpnog uvoda, usledile buntovničke reči koje su odjeknule kao poziv na boj.

– Nećemo, po cenu života, dozvoliti seču drveća. Znate li možda zašto? – izazovno je pitala.

Čekala je da svi načulje uši da glasno odgovori:

– Zato što grad ne može da živi bez svojih pluća.

Reči Veverice – koje su zvučale kao zavet – propraćene su glasnim odobravanjem. Više od toga, zaglušnim klicanjem.

Sada su se žbiri mogli već jasno prepoznati. Među mnoštvom uzbuđenih i razdraganih lica njihova su se jedina izdvajala zabrinutošću.

Opšta buka je samo za trenutak utihnula da bi se čuo odgovor na pitanje dugokosog razbarušenog mladića:

– Kako da odbranimo šume i reke? Kako da sačuvamo prirodu?

Veverica je smakla ranac sa leđa. Prvo što je iz njega izvukla bila je sekirica.

Policajci u civilu, sa urođenim refleksom Pavlovljevog psa, potegli su već rukom za skrivenim oružjem da bi u poslednjem trenutku odustali prepoznavši u sekirici samo deo alpinističke opreme. Da su bili u pravu, videlo se po tome šta je Veverica iz ranca izvlačila i užad, čavle za ukucavanje, pojas za vezivanje, poveću baterijsku lampu i sve drugo što je služilo za penjanje na drveće ili uza stenje.

Vreme koje je upotrebila da objasni prisutnima kako se koristi alpinistička oprema žbirima i prikrivenim policajcima dobro je došlo da se priberu. Predstavljanje alata za penjanje doživeli su, otuda, kao neku vrstu intermeca posle čega će uslediti, s njihovog stanovišta, sadržajniji činovi.

– Ali zašto bismo se uopšte penjali na drveće? – još jednom su bili zatečeni novim pitanjem Dugokosog.

– Zato – odgovor ih je još jednom zabrinuo – što se ne može obarati drveće s ljudima u krošnji.

Dok je mladić zbunjeno slušao, potrudila se za određenije objašnjenje:

– Zbog toga što bi to, pravnim jezikom opisano, bilo ravno „ubistvu s predumišljajem“.

Tišina koja je zavladala posle tog odgovora za žbire je već bila uznemirujuća. Ma koliko dosadna, predavanja iz botanike strpljivo su saslušali. Ali govori u kojima se pominju otpor i ubistvo prevazilazili su granice podnošljivosti. Jedan od njih se kasnije poverio nadređenima da se osećao kao pregrejani lonac na usijanoj ploči. Ključao je, drugim rečima.

Kako je ispravno naslutio, usledili su još sadržajniji činovi, u kojima učesnici skupa nisu „izigravali" slavljenike na rođendanu već preduzimljive i opasne buntovnike. Nisu, drugim rečima, nimalo glumili da su za odbranu „životne sredine" spremni i za sukobe.

– Nećemo vam dozvoliti da Balkaniju pretvorite u pustinju, grmeli su povici koji su, nema sumnje, imali prevratnički karakter.

Žbiri se više nisu krili. Trudili su se, naprotiv, da budu što zapaženiji. Činili su to tako što su fotografisali prisutne, ne tražeći, naravno, dozvolu. Njihova nametljivost shvaćena je na jedini mogući način: kao pretnja.

I sami su, najzad, bez ustručavanja, glasno poručivali:

– Imamo vas. Čuvajte se.

Uzalud ih je Mamut u svojstvu predsedavajućeg pozivao da se upristoje. Smejali su mu se u lice.

Jedan od agenata je čak pokušao da bude duhovit:

– Skrati brkove da te ne zadavimo njima.

Neimar je prvi put zažalio što mu je Mamut samo nadimak. Kako bi bilo dobro, pomislio je sa setom, da umesto brkova imam kljove. Tako bi mi dobro došle da prostake njima probodem.

Ni on ni drugi učesnici Osnivačke skupštine nisu, nažalost, imali čime da se zaštite. Osim Veverice, koja je zaustavila nasilnika kad je krenuo da se obračuna s predsedavajućim. Mašući sekiricom, zapretila je da će mu rascopati lobanju ako se – zajedno s kompanjonima – ne povuče iz kafane.

U opštoj pometnji, prisebnost je koliko-toliko sačuvao zapovednik žbirova. Ne znajući ni sâm šta da preduzme, tražio je uputstva od nadređenih.

Sudeći po izrazu lica, ukoren je što je dopustio da stvari „izmaknu kontroli". Još više što je na Osnivačkoj skupštini ljubitelja patine otkriveno prisustvo agenata kojih je, uzgred rečeno, bilo gotovo isto toliko koliko i učesnika.

Na pitanje šta da čini, da li da „primeni silu", poručeno mu je da se povuče.

– Biće vremena da se obračunamo sa svima koji remete mir. Videće već svoga boga u pogodnom trenutku. Svakako ne pred gostima koji su se zadesili u kafani u vreme sukoba.

Mamut je sa olakšanjem doživeo miran rasplet. Ne toliko zbog sebe koliko zbog Veverice i drugih mladih ljudi kojima je prećeno odmazdom.

Dok su učesnike skupa snimali sa svih strana, Mamut se, s vidljivom zabrinutošću, raspitivao kod Veverice kako se oseća. Da li se smirila posle prepada koje tajne koje javne policije.

– Šta da vam kažem – nestašno se nasmešila – osećala sam se kao filmska zvezda na otvaranju nekog velikog festivala: u Kanu ili Veneciji, na primer.

– Pa nije baš ličilo na festival. Više na tuču navijača.

– Meni, ipak, više na festival. Kada kažem da sam se osećala kao filmska zvezda, mislim na snimanje. U celom životu nisam bila više uslikana nego na Osnivačkoj skupštini *Udruženja ljubitelja patine.*

– Smetnula si sa uma da ti snimci neće završiti na naslovnim stranicama ilustrovanih časopisa već u policijskoj arhivi. Naročito onaj na kome mašeš sekiricom.

– Prvo i prvo, činila sam to u samoodbrani. Na drugom mestu po važnosti je lako proverljiva činjenica da sekiricu uvek nosim sa sobom kao deo planinarske opreme. Nije, prema tome, namenjena tuči s policijom već penjanju na drveće i stenje.

– Tvoja odbrana bi za sudsko veće bila prihvatljiva jedino ako bi u njemu bio Šerpas Tensing ili neki drugi osvajač Himalaja. Plašim se da tamo sedi sasvim drugačija vrsta ljudi. Oni za koje je uspinjanje zamislivo jedino kao podilaženje.

– Podilaženje kome?

– Amonu, naravno. Ja bar ne vidim da se, osim njemu, klanjaju nekom drugom bogu.

Pošto su se žbiri razišli, Mamut je na miru pročitao Izveštaj o stanju nacije. Nije odoleo da već u uvodnoj reči primeti kako je Balkanija jedina zemlja na svetu u kojoj lovostaj na proganjanje zdravog razuma nikada nije proglašen. Koliko je samo primera za to imao. Pobojao se da neće imati dovoljno prostora da ih u izveštaju sve pobroji. Opredelio se zbog toga za najupečatljivije:

Za obožavanje betona. Za netrpeljivost prema zelenilu. Prema svemu što potiče iz prirode. Za manijačku opsednutost da se iščupa i najmanja travka. Da se poseče svako drvo koje stoji na „putu napretka". Ne drveće veličine eukaliptusa. Samo listopadna i četinarska stabla koja u umereno kontinentalnoj klimi najbolje uspevaju.

To svakako nije bila jedina besmislica koju je Neimar uočio. Bilo ih je toliko da ni sve vreme ovoga sveta nije bilo dovoljno da ih pomene. Još pod utiskom tek minulog meteža, učesnici skupa su Izveštaj jednodušno odobrili. Kao što su odobrili i Statut, u kome je glavna stavka bila da su članovi *Udruženja* „oslobođeni plaćanja članarine".

Ostalo je još samo da se obnaroduje osnivanje *Udruženja ljubitelja patine.*

I to je, propraćeno glasnim odobravanjem, učinjeno bez zamerke.

Učesnike skupa koji su se uputili prema izlazu zaustavila je Veverica ispruženom šakom:

– Kud ste navrli? Red je valjda da jedni drugima nazdravimo za uspeh *Udruženja.*

Pre nego što je i dovršila rečenicu konobari su započeli da raznose piće.

Razgaljeni pripadnici novoosnovanog pokreta nazdravljali su visoko podignutim čašama. Pre nego što je nadušak ispio rakiju, Dugokosi je, tobože zabrinuto, želeo da zna iz kog će fonda naručeno piće biti isplaćeno.

– Pitam zbog toga što će tvorovi iz deponijske štampe oblepiti ceo grad naslovima od deset centimetra kako „nenamenski trošimo novac na razuzdane provode".

– Nemaš razloge za brigu – poručila je Veverica. – U Statutu jasno piše da nema članarine, te prema tome ni prihoda. Nemamo, otuda, šta da trošimo, ni namenski ni nenamenski.

– Ko onda plaća piće? – upitao je Dugokosi.

Veverica je pokazala rukom na Mamuta, koji se upravo mašio novčanika:

– Ne očajavajte zbog njega, radio je za Korbizijea – tešila je prisutne zabrinute zbog velikog troška.

Dugokosi se ponovo javio za reč:

– Ako nemamo novac, ako ni prostorije u kojima se nalazimo nisu naše, šta tada imamo?

– Imamo dobru volju i spremnost da se borimo!

Veveričine reči pozdravljene su dugotrajnim klicanjem.

Pre nego što je Mamut uspeo da izvadi novčanik, razleteli su se konobari s novom rundom pića. Predvodio ih je Gazda kafane, koji je lično nosio poslužavnik nakrcan čašama:

– Kuća časti – objavio je svečanim, maltene liturgijskim glasom kakvim se obično obznanjuju velike ratne pobede.

– Imamo još nešto – poručila je Veverica vidljivo ganuta. – Imamo podršku naroda.

8.

UPUTSTVA

Na po drugi put hitno sazvanu sednicu Saveta nacionalne bezbednosti pozvani su dolazili s licima koja je teško, ako ne i nemoguće opisati. Možda bi najviše odgovaralo stvarnosti ako bi se reklo da su bili bez lica. Da su navukli obrazine i maske koje više pristaju karnevalu ili pozorištu. Daleko od toga da su bili bezbrižni. Još manje ravnodušni. Odsustvo izraza poticalo je od mnogo ozbiljnije nedoumice. U očekivanju Amona nisu znali kako da se ponašaju.

S njim je već sve bilo jednostavnije. Dovoljno je bilo da pažljivo slušaju njegove reči i podražavaju njegove gestove. Da čine sve što i on. Da odustanu od razmišljanja (u prisustvu Nepogrešivog tako nešto bilo je suvišno). Sve u svemu, da Amona u potpunosti preslikaju.

U njegovom okruženju, najzad, znali su da nije reč samo o saglasnosti sa onim što Amon poručuje. Da je važno na koji se način odobravanje iskazuje. Da se ne sme zanemariti ni najmanja nijansa. Da ništa ne sme promaći pažnji. Ne samo glas već ni najtiši šapat. Izraz lica takođe. Nije, najzad, nimalo svejedno da li vas Gospodar sluša ushićeno ili zlovoljno.

Skutonoše su se u podražavanju već toliko izveštile da su građani često brkali glas suverena s glasovima dvorske posluge. Kopije Amona rojile su se, otuda, preko svake mere kao da je, umesto na dušeku, spavao na kopir-aparatu.

Članovi Saveta nacionalne bezbednosti dobro su se čuvali da se o bilo čemu izjašnjavaju pre nego što od Amona čuju šta se od njih očekuje. Takođe i o tome na koji način treba to da iskažu kao svoje mišljenje. Bolje reći kao surogat tuđeg, jer im sopstveno nije bilo ni od kakve koristi. Moglo bi se čak reći da im je nanosilo štetu. Pošto su, otuda, svoj sud s razlogom zanemarivali, imali su više prostora da se usredsrede na pamćenje kao pobočnom, bolje reći pomoćnom rukavcu mišljenja. U skladu s tim su dolazak Amona dočekali sa usredsređenošću koja se može uporediti sa onom izvođača penala ili tenisera na servisu.

Kada se konačno pojavio, kao i obično plahovito i užurbano, prvi utisak je bio da dolazi iz pisarnice, jer je obe ruke opteretio pozamašnim torbama s hrpama papira i fotografija. Ne čekajući pomoć lično je podelio učesnicima savetovanja to što je doneo.

„Pogledajte dobro ove papire", bilo je sve što je rekao.

Nije, u stvari, morao ništa da kaže jer bi prisutni i bez njegovog uputstva to svakako učinili. Iako su pažljivo zurili u sve što je označeno kao „građa za sednicu", najviše pažnje su im privukle fotografije Mamuta i Veverice žigosanih kao „kolovođe pobune".

Ma koliko navikli da stvarnost u Balkaniji redovno odudara od njenog zvaničnog opisa, i najponizniji obožavaoci Amona jedva su prikrivali čuđenje. Ma koliko se trudili, nije im uspevalo da u likovima postarijeg čoveka, doduše s brkovima kao kljovama mamuta, i riđokose devojke, gotovo devojčice, vide „opasne buntovnike".

Posle fotografija na red su došli i policijski izveštaji o Osnivačkoj skupštini *Udruženja ljubitelja patine* u već pomenutoj rečnoj birtiji. Pa, sudeći po obimnosti mogli su poslužiti kao građa za neki domaći *Rat i mir*. Ne samo da su prilježno zabeležena sva izlaganja učesnika skupa već su pribavljene i njihove biografije i podaci o tome kakvom imovinom raspolažu. Takođe o političkom opredeljenju i ličnim sklonostima. Posebno su „obrađene" bračne i vanbračne veze. Nisu izostali ni izveštaji o zdravstvenom stanju, očigledno prepisani iz kartona osiguranika kao i izvodi o bankovnim računima i kreditima i zaduženosti klijenata.

Pošto je, na osnovu prikupljenih podataka, stvorena slika koja se nije razlikovala od slike bilo koga „običnog" građanina, nametalo se pitanje na osnovu čega je zaključeno da su učesnici Osnivačke skupštine *Udruženja ljubitelja patine* „na sve spremni pobunjenici".

I na to pitanje dat je iscrpan odgovor. Prerušeni policajci su se pre svega pozivali na „rušilačko raspoloženje", koje je jedan od dostavljača slikovito opisao kao „režanje" na svaki pomen vlasti. Dokazivo, najzad, i samim govorima prisutnih. U potvrdu takve ocene u celini su navedene sve izjave Predsedavajućeg koje su imale „pobunjenički i prevratnički" karakter:

„Odgovornima treba poručiti da ne zastarevaju samo krivična dela protiv čovečnosti već i protiv ljudskih staništa i obitavališta. Za nanošenje štete životnoj sredini. Da će za to kad-tad odgovarati."

Među članovima Saveta nacionalne bezbednosti nije bilo nijednog koji ove reči nije razumeo kao pretnju. Ništa manje nisu bili uznemireni objašnjenjem o karakteru pokreta za očuvanje životne sredine, koji se krio iza *Udruženja ljubitelja patine.*

Kao potvrdu da je *Udruženje* samo fasada za mnogo šire prevratničko delovanje navedene su reči predsedavajućeg da je „pokret u prilici da okupi sve ljude nezavisno od njihovog političkog opredeljenja jednostavno zbog toga što zagađenje zemlje, vode i vazduha ugrožava sâm opstanak čoveka. Nema, prema tome, uverljivije – svima razumljive – obaveze da se od grabežljivih tuđih kompanija i njihovih domaćih poslušnika odbrani sâm život."

Pažnju je privukla još jedna poruka koja je isto tako ocenjena kao preteća. Ona u kojoj je Mamut u svojstvu predsedavajućeg izrazio mišljenje da je „izostanak otpora isto što i pomirenost s ništavilom; sa odsustvom napretka".

– Šta kažete na sve ovo? – bilo je jedino što se čulo od Amona pošto je s mnogo uzdisanja i prenemaganja podelio građu za sednicu SNB-a.

Za poslovično oprezne članove Saveta bilo je to nedovoljno. Daleko od toga da ih uputi na pravi put. Na pouzdano saznanje šta o svemu misli Gospodar. Samo se po sebi razume da se, u odsustvu makar površnog uvida u to šta Vrhovni smera, nisu usuđivali da se oglase. Za reč se prvi javio Doktor Singer.

– Šta predlažeš? – Amon je iskazao neuobičajenu nestrpljivost.

– Potrebno je, siguran sam da moje mišljenje dele i uvaženi šefovi službi bezbednosti, da najpre prikupimo sve podatke o učesnicima Osnivačke skupštine *Udruženja ljubitelja patine*. Takva obaveza mora da se shvati doslovno, što znači da nam ne sme ništa promaći od rođenja nadziranih pa sve do danas.

Amon je upitno pogledao u šefove službi bezbednosti. Kao da su, za oratorijum, posebno uvežbavali istu muzičku deonicu, svi zajedno su u jedan glas odgovorili:

– To već činimo.

– Zbog čega je neophodan tako sveobuhvatan nadzor? – savetnik Amona se postarao da na svoje pitanje sâm odgovori.

– Zato što na celom svetu nema čoveka koji je za života sve ispravno činio. Dovoljno je da samo malo zagrebete, pa ćete i kod najvećih pravednika otkriti nešto „upotrebljivo".

Nije, naravno, bilo potrebe da šefovima službi bezbednosti objašnjava šta podrazumeva pod pojmom „upotrebljivog". Već i po tome što su, odobravajući, klimali glavom videlo se da su razumeli. Svakako ne da prikupljaju pohvale o nadziranim licima. Iako nisu voleli Savetnika, morali su da priznaju da se u svoj posao dobro razume.

– Kada prikupimo dovoljno „građe" da pred narodom ocrnimo protivnike, razglasićemo to na sav glas. Pošto je i učestalost važna, ponavljaćemo svakoga dana optužbe začinjene novim pojedinostima.

Amon je skrenuo pogled sa šefova službi bezbednosti na glavne urednike medija, koji samo što nisu vrteli repom da u potpunosti podsete na ponizne psiće. Daleko od toga da su bili bezopasni. Da su samo kevtali i histerično lajali. Bili su, naprotiv, orni ne samo da kevću i laju već i da grizu i ujedaju. Da su, sudeći po nervoznom pocupkivanju, spremni i na više od toga, da nasmrt prekolju nevinog čoveka, svedočili su, najzad, i njihovi nadimci: Tvor, Šakal, Svinjska Glava. Upravo je ova poslednja zagroktala:

– Šta ćemo ako se među pripadnicima novoosnovanog *Udruženja* zadesi neko i bez, kako vi to nazivate, trunčice „upotrebljivosti"?

– Što se mene tiče – odgovorio je Savetnik – pozamašno iskustvo mi govori da takve osobe ne postoje, ili bar da su izuzetno retke.

– Ako ipak...

– U tom slučaju – Nauljena Bubašvaba je bez mnogo obzira prekinula Svinjsku Glavu u pola reči.

– U tom slučaju – još jednom je ponovio – izmislićemo nešto. Što neverovatnije, to bolje.

– Vi ste se bar izveštili u tome – primetio je s dozom zluradosti.

Naravno da su se izveštili. U to bar nije morao da uverava prisutne. Po nadimcima izabrani predstavnici životinjskog carstva bili su u stanju ne samo da ocrne i najčasnijeg čoveka već i da ga živog pokopaju.

– Da li još neko ima nešto da kaže? – pitao je Amon dajući do znanja da za tim nema potrebe jer će konačno on sâm da progovori.

Niko se više, naravno, nije javio za reč. Svodeći ulogu učesnika savetovanja na prijemnike Amon ih je, kao kod okretanja dugmeta na radio-aparatu, podesio na slušanje. Pre nego što je išta izgovorio dugo se nakašljavao, brisao stakla naočara, zatezao čvor na mašni, prenemagao se i uzdisao. Činio je, drugim rečima, sve ono čemu ga je još jedan savetnik, Doktor Singer, kao ljubitelj Hičkokovih filmova i dramske pauze podučio.

– Pre svega bih hteo da zahvalim svima koji su dali doprinos plodonosnoj debati o podrivačkoj delatnosti stranih plaćenika predstavljenih kao tobože bezazleno *Udruženje ljubitelja prirode.*

Pošto je tu prvu rečenicu izgovorio jedva čujnim glasom učesnici savetovanja samo što nisu poskočili kada je iznenada povikao.

– Koga oni misle da prevare? Lakoverne i naivne. Ali ne i nas – još glasnije je dreknuo. – Ne narod koji dobro zna s kim ima posla.

Bila je to uobičajena tirada koju je Vrhovni koristio u svim prilikama, nezavisno od povoda i ličnosti o kojima je govorio. Učesnici savetovanja su svakako znali da se optužbe, naročito kad potiču od najviših vlasti, ne moraju dokazivati. Da su neporecive već samim tim što ih je izrekao Amon. Dovoljno ih je, u tu svrhu, unedogled ponavljati sve dok se građanima ne utuve u svest kao jedino moguće i istinite.

Svim nadležnim ustanovama u državi, što će reći ne samo policiji već i poreskim i inspekcijskim službama, Amonov govor je i bez naloga bio dovoljan da pod poseban nadzor stave Mamuta i Vevericu, ali i sve druge prisutne na Osnivačkoj skupštini *Udruženja ljubitelja patine.* Ne radi predupređenja nezakonitih aktivnosti (koje, uostalom, nisu ni postojale) već radi prikupljanja saznanja koja bi bila upotrebljiva za narušavanje ugleda nadziranih, a u slučaju potrebe i za njihovo privođenje.

Iako su i ranije imali iste obaveze, istražitelji su ovoga puta nailazili na mnoge prepreke. Najpre na to, kako su se žalili nadređenima, što ni uz najveći trud nisu uspeli da pronađu ništa što bi pobuđivalo i najmanju sumnju, a kamoli poslužilo kao osnov za krivično ili bilo kakvo drugo gonjenje.

Obavešten o teškoćama s kojima se suočavaju progonitelji, Amon je okupio najbliže saradnike i savetnike da se dogovore kojim putem dalje. Pošto je saslušao razne predloge, sâm je na kraju ponudio koliko spasonosno toliko jednostavno rešenje:

– Ako već nadležne službe nisu u stanju da kod praćenih lica pronađu bilo šta nezakonito ili neprilično, moraćemo da se potrudimo da to što nedostaje sami izmislimo.

Učesnicima savetovanja posle ovih reči nije preostalo ništa drugo do da, kao i mnogo puta ranije, prionu na posao.

9.

CIRKUS *BARNUM* I *POZORIŠTE LUTAKA*

Nije to baš bila lagodna vladavina. Moglo bi se čak reći da je Amon u tom smislu mogao da se zamisli kao antipod renesansne ličnosti, što će reći da je samonametnuta revnost da sve nadzire i o svemu odlučuje sve više postajala nepodnošljiv teret. Ne samo da je često klecao i posrtao već je i, na užasavanje obožavalaca, jedva održavao ravnotežu. Kao cirkuskom artisti koji se tetura po tanušnoj žici, pretila mu je opasnost da se strmoglavi.

Takva slika prosto se nametala jer je imao toliko tajnih dogovora i preuzetih obaveza da se ni sâm više nije snalazio u njima. Najviše bi mu, otuda, odgovaralo poređenje s čovekom koji stoji na drvenom trupcu s namaknutom omčom. Od toga koliko ispunjava to što je obećao zavisilo je da li će nalogodavci izmaći trupac, ili ga poštedeti.

Ma koliko, stoga, rasprostranjeno bilo uverenje da Gospodar Balkanije o svemu odlučuje, i njegova je moć bila ograničena. Dopirala je – to je istina – do svih podanika, ali ne i do korporacija iz sveta i njihovih vlada čije je zapovesti morao da sluša.

Inače... eh, inače je dobro znao koja je cena nepokornosti.

Nije u tome bilo ničeg novog. Reč je, naprotiv, o dobro poznatoj i ustaljenoj istorijskoj neminovnosti koju je, još davno, u svojoj *Istoriji Peloponeskog rata* opisao grčki istoričar Tukidid. Iz nje smo saznali kako je Atina 416. godine pre Hrista, kao velika sila u to vreme, ucenjivala ostrvsku državicu Melos da joj se pridruži i pritom još plaća ogromnu globu, ili će, ako ne pristane, biti uništena.

Kada su se žitelji Melosa pobunili, primetivši da je takav zahtev ne samo nepravičan već i „protiv volje bogova", odgovoreno im je da „to što je ispravno mogu da dovode u pitanje samo oni s jednakom moći, tako da jaki rade ono što mogu, dok slabi trpe ono što moraju".

Pa, moglo bi se reći da je takvo rasuđivanje i danas prisutno.

Amon je, najzad, dobro znao da živimo u svetu u kome će ponizni i poslušni biti nagrađeni, dok će oni koji pružaju otpor biti kažnjeni. Ovim prvima će mnogo štošta biti dozvoljeno sve dok ispunjavaju zahteve moćnih pokrovitelja. To praktično znači da će im biti dopušteno da tlače i obmanjuju sopstveni narod, a da se istovremeno prenemažu pred međunarodnom zajednicom kao dobrotvori i reformatori.

To što se korporativni kapitalizam izrodio u proždrljivu hidru, u neman koja i doslovno proždire živote ljudi, teritorije, prirodne izvore, sve pred sobom – nije ga brinulo. Takva naopaka svojstva je, naprotiv, doživljavao kao jemstvo da će ga svetski moćnici ostaviti na miru sve dok uredno podmiruje njihove naloge.

„Kapitalizam će se, shodno tome", kako kaže Teri Iglton, „ponašati štetno po društvo ako mu se to isplati, a to može da znači iskorenjivanje ljudi kakvo dosad nije viđeno. Prvi put u istoriji preovlađujući oblik života ima moć da širi kulturno ništavilo, nagoni ljude u ratove ili ih sateruje u radne logore. Da ih, drugim rečima, zbriše sa planete."

Pa da li to vide pobornici takvog društva?

„Ne vide oni dalje od svog nosa", kaže publicista Pol Tajson. „Nimalo neočekivano", objašnjava on, „jer je njihov duhovni svet ograničen birokratskim slepilom, okoštalim institucijama, finansijskom moći, sve u svemu samo uskogrudom korišću i pohlepom koja ima autistična svojstva. Ne haju, drugim rečima, ni za šta drugo osim za sopstvene interese. Može ceo svet da propadne. Neće ni trepnuti sve dok je njima samima sve potaman."

Amon je bio dobro upućen i u to šta se događa sa onima koji pružaju otpor. Čije je ponašanje u nesaglasnosti sa interesima gospodara sveta. U nadziranim medijima će ih svakodnevno ocrnjivati i ucenjivati. Ako, uprkos tome, istrajavaju u otporu, „ukloniće" ih, što je čist eufemizam da se izbegne izričito priznanje kako ih, ne tako retko, i ubijaju. Nije li, najzad, ceo svet imao prilike da uživo vidi pogubljenja Sadama Huseina i Moamera Gadafija?

Amon je, otuda, zaključio da samo beznadežno naivni mogu da poveruju kako su se televizijske kamere na mestu smaknuća zadesile slučajno. Snimak javne egzekucije poslužio je, naprotiv, kao upozorenje da će tako proći i svi drugi koji se usude da se suprotstave. Sve dok su poslušni i pokorni neće im se ništa loše desiti. Čak ni kada trguju drogom i oružjem, kao što je to činio Norijega, deleći poslove i profit sa obaveštajnom agencijom moćnih pokrovitelja.

U jednoj od svetskih metropola gde je ugovarao poslove i preuzimao obaveze u zamenu za podršku nesputanoj vladavini Amonu je to, na posredan način, jasno predočeno. Domaćini su mu u loži cirkusa *Barnum* poručili da u izvođenju najčuvenijeg svetskog cirkusa obrati posebnu pažnju na veštine krotitelja divljih zveri i mađioničara. Kada su ga posle predstave upitali šta je, kao najvažnije, uočio u cirkuskoj predstavi, odgovorio je:

– Kod ukrotitelja metod koji je u međunarodnim odnosima poznat pod imenom „štap i šargarepa". Nema, drugim rečima, nikakve razlike između zveri koju nakon dobro izvedene tačke nagrađuju ukusnim zalogajem, ili, u suprotnom, išibaju bičem i državica koje mašu repom očekujući zajam ili pak cvile kada ih kažnjavaju zbog neposlušnosti. Kod mađioničara, opet, najviše mi je pala u oči veština s kojom iz praznog cilindra izvlači zeca. I u tom slučaju se nameće analogija s državnom kasom. Nije, drugim rečima, važno da li je puna ili prazna, već kakvom je prikažete narodu.

Iako su ispitivači bili zadovoljni odgovorom odlučili su da gosta stave na još jednu probu. Poveli su ga na predstavu u *Pozorište lutaka*. Ma koliko začuđen što su izabrali pozorište namenjeno deci, Amon se pretvarao da u tome nema ničeg čudnog. Naslućivao je, uostalom, da za tako neobičnu odluku postoje razlozi.

Pa postojali su. Nije, uostalom, bilo potrebe da se izričito saopšte jer je iz prvog reda i sâm mogao dobro da vidi šta mu je poručeno.

Na maloj sceni – saobraznoj lutkarskoj predstavi – Pajac je klečeći pozdravio Kralja. Kako se iz neme predstave moglo zaključiti, suveren je tražio neke usluge. Dok je Kralj otvarao usta, Pajac je pokorno klimao glavom. Nije bilo ni najmanje sumnje da je prihvatao sve što je od njega traženo.

Pošto je Pajac, pognute glave, ustao, Vladar je pokretom ruke dozvao jednog od dvorskih komornika. Kada je, neprestano se klanjajući, dospeo do Kralja, ovaj mu je šapatom nešto naložio. Komornik se hitro povukao sa scene da se isto tako brzo vrati na nju. Pošto mu je potvrdnim klimanjem glavom dato odobrenje, prineo je Pajacu papir na potpis.

Ovaj je, na zadovoljstvo Kralja, pohitao to da učini, ali se u žurbi sapleo i pao, što je propraćeno grohotnim smehom gledalaca. Pošto se pridigao i otresao od prašine, konačno je stavio potpis na dokument koji je Komornik podneo Suverenu na uvid. Kada je i to obavljeno, čuvar dvorske blagajne je, sa odobrenjem Kralja, Pajacu tutnuo u ruke pozamašnu kesu s novcem. Kao i kada je potpisivao ugovor o preuzetim obavezama, primalac para se, da li zbog uzbuđenja ili iz nekog drugog razloga, ponovo ušeprtljao. Pošto u drvenom trupu nije bilo džepova premeštao je kesu iz jedne u drugu ruku da je, već sasvim pometen, skrije iza leđa. Tačno nadomak Suverenovog terijera, koji je na izazov plena spremno skočio. Na uveseljavanje Kralja i dvorske posluge, ali i razdraganih gledalaca, Pajac se valjao po podu otimajući se sa psom za ubalavljenu kesu s novcem. Kada je se konačno dokopao, prigrlio ju je na grudi kao najomiljenije porodično mezimče.

Zavesa je nakratko prekrila pozornicu pre nego što je zagrobna muzika najavila uvod u drugi čin. Prvo što su na sceni gledaoci ugledali bio je okovani Pajac koji sa užasom posmatra kako se na gubilište dovlači panj na koji će položiti glavu. Dok je dželat ravnodušno posmatrao pripreme za pogubljenje a Suveren se dosađivao, gomila okupljena oko stratišta nestrpljivo je pocupkivala da bi se tek s pojavom gizdavo nakićenog Magistrata smirila. Posmatrači su presudu koju je Sudija pročitao glasom pozajmljenim iza pozornice dočekali klicanjem i odobravanjem:

„Pajac pred vama će biti pogubljen tako što će mu biti odsečena glava. Vrhovni Magistrat ga je osudio na smrt, bez prava žalbe, zbog verolomstva i prevare. Zbog neispunjavanja obaveza na koje se potpisom pred Njegovim veličanstvom obavezao."

Dželat s muskulaturom strip-junaka Lotara poslovno je dohvatio sekiru. Samo jedan udarac bio je dovoljan da se glava otkotrlja pod noge suverena. Svetina, koja je bez daha pratila završne pripreme, konačno je ushićeno zaurlala.

Kao i posle predstave u cirkusu *Barnum*, domaćini su i nakon posete *Pozorištu lutaka* pitali gosta šta je na njega ostavilo najsnažniji utisak.

– Najsnažniji utisak – nije se ni trenutka kolebao – ostavili su konci, vezice kojima su izvođači iza scene upravljali lutkama. Zaista je upečatljivo kako bez odobrenja, prisutnog jedino u koncima nevidljivog Gospodara iza kulisa, nisu u stanju da se pomaknu. Da načine i najmanji korak.

– Da li je potrebno još neko razjašnjenje? – upitali su domaćini.

– Ne – izjavio je Amon. – Možda bi jedino Pajac mogao nešto da kaže, ali bez glave ni to nije više bilo moguće.

10.

UZALUDNE MOLITVE

Domaćini su bili zadovoljni odgovorom. Gospodar Balkanije je bio jedan od retkih „izvođača radova" koji je nepogrešivo znao ko povlači konce. Čestitali su zbog toga sebi na ispravnom izboru. I bili su u pravu jer je Amon imao punu svest o tome šta je u politici, bolje reći u načinu očuvanja vlasti, najvažnije. Posle posete cirkusu *Barnum* i *Pozorištu lutaka* nimalo se nije dvoumio kome carstvu da se prikloni: zemaljskoj blagodeti ili neizvesnoj nebeskoj milosti.

Pouke iz predstave izbor su uveliko olakšale. Upravo u času kada je morao da se odluči da li da odobri iskopavanje „đavolje rude" ili da se povinuje volji naroda koji se tome protivi. Nije mu, mora se priznati, bilo nimalo lako jer je nasuprot državici kojom je vladao bila jedna od najvećih rudarskih kompanija s kapitalom od više milijardi dolara i zaštitom matične zemlje. Znao je, naravno, za sva nepočinstva koja joj se pripisuju. Za to da iza sebe ostavlja pustoš. Da plodnu zemlju pretvara u pustinju. Nije, naravno, reč samo o zemlji već i o ljudima koji su se tamo gde je kompanija poslovala razboljevali od svih mogućih bolesti. Čak i u zemljama devičanske prirode stanovništvo je masovno umiralo.

Kompaniji je, otuda, sasvim dobro pristajalo ime *Rio Finito*. Kraj, drugim rečima, nije bio prisutan jedino u imenu, što će reči samo simbolično, već i u stvarnosti. Kad god bi se kompanija povukla iz zemlje poslovanja, pošto bi, zajedno s rudom kao vampir krv, isisala iz nje sve životne sokove, ništa nije ostajalo. U žutoj, kao smežurana koža samrtnika, jalovini jedino su bili utisnuti belezi smrti.

Da li je Amonu sve to bilo poznato? Naravno da jeste. Kako je, onda, mogao da odobri iskopavanje „đavolje rude“? I to u kraju Balkanije čija je pitomina obrasla zasadima koji najviše liče na zamišljene predele raja. Da li mu je bilo svejedno što će, posle odlaska kompanije, više ličiti na pakao? Što će zemlja i voda biti zagađeni ne samo u okolini kopova već i u širem području. U pola Balkanije ako se ima u vidu da će toksični otpad u podzemnim vodama i rekama trovati tlo daleko od mesta iskopavanja.

Pa nije neophodna posebna pronicljivost da se pogodi za šta se Amon opredelio. U potpunosti očekivano, uostalom, jer je dobro znao čime se plaća neispunjenje preuzetih obaveza.

Ne samo gubitkom vlasti već, kako je poručeno nasilnom smrću Sadama i Gadafija, i gubitkom života. Države koje štite mastodontske kompanije, koje su u simbiozi (neraskidivom dvojstvu) s njima, ponašaju se isto kao i mafija. Surovo kažnjavaju sve koji krše „poslovne“ dogovore. Amonu, otuda, nije ostavljen nikakav prostor za kolebanje. Samo za način na koji će da narodu saopštiti kako će od trovanja imati koristi.

Poslovično vešt u obmanjivanju, ovoga puta je nadmašio sebe. Poslužio se najpre ustaljenom devizom da je privredni razvoj isto toliko važan koliko i očuvanje životne sredine. Niko, naravno, nije bio protiv takvog rasuđivanja sve dok se nije otkrilo da samo ima ulogu dimne zavese iza koje se krije odobrenje rudarskoj kompaniji da počne sa iskopavanjima. Prećutao je, naravno, da je već dao nalog da se usvoji zakon kojim se dopušta prisvajanje tuđe imovine. Koji omogućuje da se na posede sa zasadima pšenice, raži i kukuruza, čokotima vinove loze, lejama povrća i voćnjacima nabreklim od roda, uđe s buldožerima, šleperima i bušilicama. Da riju po blagoslovenoj zemlji koja je devičanski mirisala na prvobitni raj.

Ne samo pobožni ljudi doživeli su to kao skrnavljenje. Kao izrugivanje svetosti kojom odiše božji vrt. Šta su, uostalom, mogli drugo da misle kada je zujanje pčela koje su ispijale cvetni nektar zamenila nepodnošljiva buka teških mašina.

Pošto se od zemaljskih vlasti nisu nadali ničemu dobrom, meštani su potražili pomoć od Boga. Crkve su počele da se pune narodom koji je, više zapomaganjem nego molitvama, zazivao Svevišnjeg. Kako se pokazalo – uzalud, jer je, ma koliko moćan, i on imao ograničena ovlašćenja. Mogao je, svakako, da gramzive akcionare *Rio Finita* zajedno s Nakinđurenom Hijenom i Amonom pošalje u pakao, ali ne i da zaustavi kompaniju s kapitalom od više milijardi dolara.

Svakako je bilo utešno što će skrnavitelji zemaljskog raja biti kažnjeni, ali nedovoljno za odgovor kako će, do sazivanja nebeskog suda, vlasnici otetih imanja živeti? Da li se mogu pomiriti s tim da, umesto malina, gaje baterije? Da pogled na mirisne cvetne livade zamene tamom rudnika? Da, sve u svemu, trampe raj za pakao?

Iako je iz izveštaja uhoda bio podrobno obavešten i o nezadovoljstvu meštana i o pozivima na otpor, i Amon je imao svoju računicu. Poznavajući narav svog naroda koji, istini za volju, nije bio satkan samo od vrlina, bio je siguran da otpor neće biti jedinstven. Da se jedan deo seljaka može potkupiti, drugi uceniti i treći zaplašiti. Da će, najzad, ako sve to ne bude dovoljno, isposlovati (u tome je bio nenadmašan) da se na referendumu „narodna volja" podudari s njegovom. Nisu to bile nikakve jalove maštarije već razrađen plan zasnovan na svem dotadašnjem iskustvu, što će reći izgledan i izvodljiv.

Kako i ne bi kada su za njegovo oživotvorenje jemčili udružena moć domaće države i stranog kapitala. *Rio Finito* je, drugim rečima, s lakoćom mogao da podmiti meštane tako što će za njihova imanja ponuditi cenu veću od tržišne. Za kompaniju koja je imala dovoljno novca da kupi pola Balkanije takav izdatak je bio zanemarljiv. Amon je, otuda, računao na to da zavodljivoj ponudi mnogi neće odoleti. Kao i obećanju da će, u oskudici zaposlenja, naći posao.

Biće svakako i takvih koji će se jogunasto opirati. E pa i za njih postoji rešenje. Da se kao smetnja uklone s puta postaraće se već uhodani mehanizmi države. Nema, najzad, tog čoveka, nadmeno je zaključio, koji može da odoli udruženoj sili policije, tajnih službi, vladinih medija, poreznika i svih drugih globitelja i nasilnika. I da sâm zmaj, kao u bajkama za decu, umesto ulaza u pećinu s blagom čuva imanja meštana, ustuknuo bi pred hidrom iz čijih stotinu grla sukljaju ognjeni jezici.

Iako se, kako iz toga proizlazi, Amonova računica činila nepogrešivom, i on je, kao i svi vlastodršci koji su dugo na vlasti, podlegao nadmenoj samozaljubljenosti. Potcenio je snagu za njega samo „kapilarnog otpora“. Propustio je da primeti da se, kao i šumski požari, i najsitniji plamičak brzo razgoreva.

Znao je ponešto o prošlosti. Takođe o sadašnjosti, ali nije znao šta donosi budućnost. Nije znao ono što ptice znaju. Da će se pobuniti ne samo ljudi već i priroda. Da su pred njenom moći i proždrljiva rudarska kompanija i njeni pokrovitelji i njegova vlast i sve vlasti ovoga sveta samo smešni pajaci koje će sa žice na kojoj jedva održavaju ravnotežu s lakoćom oduvati.

11.

ČORBA OD KORNJAČE

U rečnoj birtiji u kojoj su se povremeno viđali Mamut je riđokosom devojčurku (znanom kao Veverica) poveravao šta bi, da nije to što jeste, najviše voleo da bude. Nije joj odmah otkrio svoje želje. Predložio je da pogađa.

Svašta joj je padalo na pamet. Ne samo imena „dvonožaca“, kako je doživljavala ljudsku rasu, već i nazivi svih biljaka i životinja kojih je mogla da se seti. Pošto joj ni posle više pokušaja nije uspelo da pogodi, izjavila je da se predaje. Neka Mamut konačno otkrije tu tako dobro čuvanu tajnu.

Nije to, ipak, odmah učinio. Pre nego što je obznanio „šta bi želeo da bude da nije to što jeste“, otpio je gutljaj rakije.

– Dobro onda – dobrodušno se poverio. – Da sam kod stvaranja sveta mogao da biram, bolje reći da sam mogao da znam na šta će svet ličiti, najradije bih bio kornjača.

Navikla na svakojake jezičke i pojmovne zavrzlame, koje su iz Mamutovog grla kuljale kao iz gejzira, Veverica ovoga puta nije skrivala zapanjenost.

– Kornjača? Zašto kornjača? – zbunjeno je pitala.

– Pa, ima više razloga za takav izbor. Kornjača je, najpre, dugovečna. Kažu da može da poživi stotinu, možda i dve stotine godina. Zaštićena je jer ima oklop. Mom izboru je možda najviše doprinelo i to što može da se skrije iza oklopa. Što ne mora da gleda sve gadosti ovoga sveta.

– Pa i mamut je dugovečan. U čemu se, onda, razlikuje od kornjače?

Neimar sa upravo pomenutim nadimkom duboko je uzdahnuo.

– Vidim da nije dovoljan jednostavan iskaz. Da svaku stavku moram posebno da objašnjavam.

Veverica je klimanjem glave potvrdila da upravo to očekuje.

– Pa kad je već tako – još jednom je duboko uzdahnuo – da počnemo redom. Nisam izdvojio kornjaču zbog toga što čeznem za dugovečnošću. Izabrao sam je zato što je pogodna za skladištenje znanja koja se stiču jedino s godinama. Nadimak Mamut, uostalom, dugujem upravo takvoj potrebi.

– Otkud onda želju za dugovečnošću mamuta menjate za dugovečnost kornjače?

– Otuda što je kornjača u prilici da saznanja upija na spokojniji način. Nije u toj meri ugrožena koliko i mamut, koga su probadali kopljima i strelama da bi se opskrbili mesom i krznom. Kada neko neprestano spasava glavu, nema mnogo vremena da se bavi skladištenjem znanja i iskustva.

Veverica se vragolasto nasmešila:

– Koliko sam čula, čorba od kornjače je takođe veoma ukusna.

– Hoćeš da kažeš da kornjaču takođe koriste za hranu?

Veverica je klimanjem glavom potvrdila da je upravo to htela da kaže.

– Nije to isto. Mamuta su domoroci masovno gonili i lovili. Istrebili ga, najzad. Za razliku od mamuta, čorba od kornjače je na meniju samo malobrojnih restorana. Slažem se s tobom da je ukusna. I sâm sam je okusio na Galapagosu. Ali, ponavljam, ne troši se masovno. Samo kao egzotična ponuda.

Kao i sve životinjice, ni Veverica nije umela da se pretvara. Dovoljno su se već zbližili da pređe na ti:

– Pojeo si kornjaču? – upitala je zgroženo.

– Ne baš kornjaču. Samo čorbu od nje.

– Svejedno je. Da posluže čorbu od njenog mesa morali su prethodno da je ubiju.

– Pa, ne verujem da su je živu kuvali.

Ćutali su neko vreme.

Veverica se pitala kako može da veruje da se Mamut iskreno bori za očuvanje životne sredine ako jede kornjače. Mamut je, opet, prekorevao sebe što se izlanuo za čorbu. Ni posle toliko godina nije naučio da ne mora baš sve o sebi da govori. Da je poželjno ponešto i prećutati. Da ublaži nepovoljan utisak, pitao je da li u prethodnu izjavu može da unese malu ispravku?

S Veveričinim dopuštenjem, promenio je donekle prvobitni iskaz:

– Čorbu sam samo probao.

– Ne razumem kakva je razlika da li si čorbu „samo probao", ili si je u celini pokusao. Nije, najzad, važno koliko si već šta si jeo. Kornjaču svakako, zar ne?

– Ipak je važno jer nije isto da li se jelo proba ili se u celosti poje-de. E pa vidiš, čorbu sam probao da se upoznam s novim ukusima, a ne da bih uživao u jelu.

– Hoćeš da kažeš da je nisi naručio da bi se zasitio već, moglo bi se reći, iz intelektualne radoznalosti. Što se mene tiče, takva pobuda je isto toliko egzotična koliko i hrana koju si izabrao.

Mamut je Veveričine reči ispratio sa iskrenim divljenjem.

– Nisam više siguran da li si veverica ili jež.

– Po čemu?

– Po tome što si, umesto krznom, obrasla bodljama.

Nasmejali su se u isti mah. Dovoljno su, uostalom, jedno dugom rekli da bi odlagali primirje.

– Meni najviše prija čorba od bundeve. Ukusna je i mirisna kao da je potekla iz rajskog vrta.

Veverica je tom izjavom stavila do znanja da je spremna na korak dalje od primirja, što će reći za uspostavljanje trajnijeg mira. Mamut je ponudu oberučke prihvatio. Kao zalog dobre volje izjavio je da i on voli čorbu od bundeve. Iako ju je izjava Mamuta još više odobrovoljila, Veverica nije odolela da pomirenje začini još jednom žaokom:

– Za čorbu od bundeve dovoljno je, najzad, da se oljušti kora. Niko živ, otuda, ne mora da se odere.

Mamut joj je pripretio prstom, što je za posledicu imalo da se lik koji je za susednim stolom sedeo iza Veverice ukoči od straha pogrešno zaključivši da je on predmet pretnje. Za pažnju koju je privukao neobičnim ponašanjem dao je dodatni povod strgavši nervozno slušalice sa ušiju.

– Ako nas gospodin prisluškuje – obratio mu se Mamut – reći ću da za tim nema potrebe. Nemamo nikakve tajne niti bilo šta krijemo. Ako vas, prema tome, zanima o čemu pričamo, otkrićemo: o čorbi od kornjače. Moraćete da je probate. Vrlo je ukusna, verujte mi na reč. Osim toga, da se vratimo na prisluškivanje, samo traćite vreme. Morali biste znati da nisu sumnjivi oni koji ne kriju šta misle. Sumnjivi su oni koji o tome ćute. Verujte mi da znam o čemu govorim. Živeo sam dugo u svetu. Policija je brzo dizala ruke od mene kad bi otkrila da nema razlike između onoga što čuju prisluškivanjem i onoga što javno iskazujem. I njima sam, šaleći se, poručivao isto što i vama: nema razloga da me uhodite. Slobodni ste da me za sve što vas zanima pitate.

Zatečen na delu Agent se znojio od muke kao da je na lomači koja samo što nije buknula. Da je potpali postarala se Veverica, koja mu je pod noge bacila užareno palidrvce.

– Možda čovek ne prisluškuje. Moguće je da samo ne čuje dobro.

– Ako je tako – na Vevericu je došao red da se obrati osobi za susednim stolom – rado ćemo vam pomoći. Pozvaćemo konobara. Kažite samo šta želite da poručite. Bićete nepogrešivo posluženi. Verujte mi da sam u tome dobra. Nije da se hvalim, ali ne znam nikoga ko bolje od mene čita sa usana.

Ovo je već bilo previše. Agent je posramljeno pokupio aparat za prisluškivanje zalepljen ispod stola i kao bez duše istrčao iz kafane. Ispratio ga je glasan smeh u kome su se Veverici i Mamutu pridružili i drugi gosti u kafani.

Šef Tajne službe je na zahtev Amona doveo, bolje reći priveo, agenta koji je u rečnoj birtiji prisluškivao osnivače *Udruženja ljubitelja patine.*

– Da čujem o čemu su govorili – Vrhovni nije okolišio. – Pošto nemam vremena napretek, reći ćeš to u malo reči.

Agent se znojio i vrpoljio baš kao na lomači u rečenoj birtiji. Nije, ipak, imao kud.

– O kornjači – istisnuo je iz sebe s mnogo muke samo jednu reč.

– O kornjači – Amon je još jednom ponovio istu reč kao da ne veruje u to što je čuo. – Hoćeš da kažeš – upitao je nešto smirenijem ali i dalje uzrujanim glasom – da osim o kornjači nisu pričali ni o čemu drugom?

– Imam snimljeno, gospodine. Možete se, ako hoćete, i sami uveriti da su govorili jedino o kornjači. Još određenije, o čorbi od kornjače.

Amon je sada već sasvim pomahnitao.

– Napolje – pokazao je agentu izlaz na vrata.

Šefa Tajne službe, koji je takođe krenuo, zaustavio je pokretom ruke:

– Da mi je samo znati gde nalaziš takve idiote – prosiktao je ljutito.

– Gde smo ono stali? – upitao je Mamut. – A da, o razlozima zbog kojih sam izabrao kornjaču.

– Osim čorbe postoje i drugi važniji podsticaji.

Sudeći po Veveričinom smrknutom licu, izabrao je pogrešan način da je odobrovolji.

Nije ipak odolela da ne upita koji.

– Dobro de, samo sam se šalio – pravdao se Mamut.

Nije mu verovala. Zbog čega bi se čovek koji je probao sve i svašta ustezao da uživa u čorbi od kornjače? Zaustavila je rukom nove pokušaje Mamuta da se iskupi.

– Nema potrebe. Dobro znam šta ćeš reći: da proždireš, kako bi Kinezi rekli, „sve što gamiže, hoda, leti i plovi" ne zato što uživaš u hrani već da se upoznaš s novim ukusima. Takoreći iz „intelektualne radoznalosti", kako si svoju proždrljivost sâm opisao.

Ovo je već bio težak udarac na integritet Mamuta.

– Hoćeš li, ipak, da čuješ druge važnije razloge? – upitao je bez ranije prisnosti.

– Ako već moram – tobože se protivila.

– Pa evo ovako. Od svih dugovečnih vrsta, kornjača skladišti znanje na najspokojniji način. Bez žurbe. Bez galopiranja. Rekao bih čak i bez kasa. Pomiče se na uvek isti, ustaljeni način. Izviruje glavom iz oklopa tek da vidi šta se u spoljnom svetu događa. Svedeno na zajednički imenitelj, može se reći da ona saznanja ne samo skladišti već ih i u sebe genetski utiskuje.

– Ne vidim u čemu je prednost kornjače nad isto tako dugovečnim bićima koja do istih saznanja dolaze isto tako prirodno.

– Evo u čemu: sva ta, kako ti kažeš, dugovečna bića skladište, ali i trpe utiske iz spoljnog sveta. I one koji su im po volji i one neugodne i mučne. Sva, osim kornjače.

– Čime je ona izuzeta?

– Time što ne mora da trpi. Što može, kada joj se smuči, po svojoj volji da se povuče.

– Kako to?

– Tako što uvuče glavu u oklop. Što ne mora, kako sam već rekao, da gleda sve gadosti sveta.

– Nije mi to palo na pamet. Čini se da si s tog stanovišta potpuno u pravu – nevoljno je priznala.

– Kada smo se o tome složili hajde da, u odsustvu agenata koje bi to više zanimalo od čorbe od kornjače, popričamo i o smicalicama vlasti.

Veverica je klimanjem glavom potvrdila da je saglasna.

– O podlostima, hoćeš da kažeš.

– Nazovi to kako hoćeš. U odsustvu lepih reči svejedno je kako ćeš to što čine krstiti.

– Pa da počnemo onda. Da li si primetila da nas prate?

– Bože, kakvo pitanje. Pa šta misliš kako sam stekla nadimak Veverica? Tako što na puškomet osetim prisustvo krvoločnih pasa. Što se na vreme uzverem na najviše drvo. Puštam ih da, u očajanju, kevću i laju. Da se raspomamljuju što mi ne mogu ništa dok ih odozgo gađam šišarkama.

– Nije to igra, draga moja. Proždrali bi te da mogu.

– To me i brine. Nisam, otuda, smicalice vlasti slučajno opisala kao podlost.

– Imaš u vidu nešto određeno?

– Imam, nažalost. U šumi u kojoj ponekad obitavam primetila sam da su neka stabla prerezana. Pazi dobro. Prerezana, a ne posečena.

– S kakvom svrhom?

– Da nas namame da se popnemo visoko među krošnje, gde se krijemo. Da nas tada usmrte tako što će oboriti stablo za koje će reći da je palo zbog snažnog vetra ili neke druge slučajnosti. Kao i uvek uslužna deponijska štampa će se potruditi da bonacu predstavi kao oluju orkanske snage.

– U pravu si. To je zaista podlo. Da li, ipak, veruješ da će ići tako daleko. Da su spremni da počine ubistva?

– Moram, bože, da se još jednom prekrstim da je tako ostareli mamut još u nedoumici o prirodi vlasti. Zar te dugo iskustvo nije naučilo da su sve odreda, kad god su ugrožene, spremne na sve? Takođe i na ubistva.

– Kako da se sačuvamo? – Mamut je bez obzira na razliku u godinama, bio spreman na razmenu iskustva.

– Moraćemo da budemo veoma oprezni. Da se skrivamo.

– Lako je tebi da se skrivaš. Da se začas uzvereš uz najviše drvo. Gde ja, ovako zamašan i trapav, da nađem skrovište?

– Iskopaj zemunicu. Nađi „sigurnu kuću".

Kao da se nečega setila, Veverica je promenila iskaz:

– Zaboravi, ipak, na sigurnu kuću.

– Zbog čega?

– Zar se nisi nagledao filmova u kojima i svoje ljude namame u tobože „sigurnu kuću" samo da bi ih tamo lakše smaknuli?

– U redu, onda. Isključimo je. Nevolja je u tome što mi ni zemunica ne odgovara.

– Zbog čega, pobogu?

– Ne volim da se krijem pod zemljom. Ni iz zatvora ne bi nikada bežao prokopavanjem podzemnog prolaza. Preskakao bih i najviše ograde s bodljikavom žicom. Ali da se kao rovac zavlačim pod zemlju... Ne, to nikako ne bih činio.

– Gospodin izvoljeva. Zaboravio je da su se prvi hrišćani, čak i budući apostoli među njima, krili pod zemljom. U katakombama. Da li misliš da su zbog toga manje sveti od tebe?

– Nije stvar u tome. Jednostavno se plašim da se zavlačim u tesne ukope.

Zaćutali su za trenutak dok je Mamut uvrtao brkove.

– Osim toga, mogu da se branim. Da pružam otpor. Priroda me je, kao što vidiš, obdarila kljovama. Za razliku od tebe, koja protivnike gađaš šišarkama, ja sam u stanju da ih rasporim kljovama.

– Znaš šta ću ti reći – Veveričino lice poprimilo je ozbiljan izraz. – Na grobljima iščezlih vrsta najviše je vas s kljovama.

12.

SAVETOVANJE S PREDUMIŠLJAJEM

Matična rudarska kompanija sazvala je savetovanje sa svojim izaslanicima u Balkaniji. Već i sama palata u kojoj se skup održavao imala je namenu da opseni sve pozvane. Podovi velike sale bili su zastrti skupocenim persijskim tepisima, na zidovima su bila okačena platna starih majstora. Sva odreda kupljena za milionske sume na aukcijama kod *Sotbija* i drugih prestižnih kuća. Dug konferencijski sto od mahagonija bio je okružen udobnim kožnim foteljama toliko velikim da su, utonuvši u njih, i najkrupniji gosti delovali sićušno.

Skupoceno uređene prostorije imale su za jedinu svrhu – da poruče da ste u sedištu kompanije koja može da vas kupi skupa sa avionom kojim ste doputovali i zemljom iz koje ste došli.

Predsedavajući okupljanja, poznat po nadimku Grizli, čije je sedište bilo više uzdignuto tek da pokaže ko je na imperijalnom tronu, pozvao je pucketanjem prstiju, ne okrećući se, službenika iza sebe. Pošto mu je, šapatom, nešto rekao, ovaj se žurnim korakom, gotovo trkom, zaputio do susedne prostorije. Vratio se sa svežnjem mapa koje je Predsedavajući površno pogledao.

– Da vidimo gde je ta Balkanija – promrmljao je više za sebe.

Za posmatrače sa strane prizor je, u drugim vremenskim koordinatama, lako mogao da se zamisli kao slika sa evropskih dvorova na kojima su dvorani upućivali imperatore gde su Burundi ili Ruanda, na primer. Pobude su, uostalom, kao i prizori uvek bili isti. Posezanje za blagom „zaostalih" zemalja. U doba kolonijalizma za zlatom, slonovačom i robovima. U savremenom svetu, u vreme jedva prikrivenog neokolonijalizma, za dragocenim rudama iz utrobe zemlje.

Ne i za robovima, reći ćete. E pa grešite, dragi moji. Možda više nema potere za robovima u klasičnom smislu, ali za robovski jeftinom radnom snagom svakako ima.

Novinarima koji su pozvani da ovekoveče zasedanje prigodnim tekstovima bilo je dopušteno da prate otvaranje, ali ne i raspravu koja je bila zatvorena za javnost. Kao i obično, od njih se očekivalo da u tekstu naglase „velikodušni doprinos" kompanije razvoju privredno zaostalih zemalja.

Uvek isto, kao kalup za cipele. U njima nije smeo da se nađe ni najsitniji kamičak koji žulja. Ni reči, ni slovca, naravno, o zagađenju zemlje i vode, koje neizbežno prati svako iskopavanje toksičnih ruda.

Pošto bi foto-aparatima i televizijskim kamerama zabeležili istorijski trenutak sa obiljem zejtinjavih osmeha važnih ličnosti, novinari su redovno pozivani u salu za bankete koja je isto tako imala za svrhu da opseni raskošnim sagovima i kristalnim lusterima i još više stolovima pretrpanim svakojakim đakonijama.

Priređivači „gastronomskog potkupljivanja" dobro su znali šta čine. Da se uz viski star nekoliko decenija i šampanjac čuvenih kuća brzo zaboravlja na trovanje lokalnog stanovništva. Da su, uz kavijar i jesetru, prohodnija uveravanja predstavnika za štampu kompanije (obavezno u liku lepuškaste devojke) da će iskopavanje toksične rude biti u skladu s „najvišim ekološkim standardima".

Koga je, uostalom, briga – sve dok kompanija poklanja toliko pažnje predstavnicima sedme sile – da li će se u tamo nekom evropskom Burundiju potrovati deca.

Pošto su se podnapiti novinari povukli, Grizli je pokrenuo raspravu. Počeo je pitanjem koje je uveliko odudaralo od otmenog ceremonijala otvaranja skupa:

– Šta hoće te seljačine?

Među izaslanicima Balkanije, koji su većinom pognuli glave i oborili pogled, našao se ipak jedan koji je smogao hrabrosti da odgovori:

– Ne mogu sa sigurnošću da kažem šta hoće, ali pouzdano znam šta neće.

– Da čujem.

– Neće iskopavanje „đavolje rude".

Grizli je pucketanjem prstiju još jednom pozvao posilnog činovnika da mu donese ugovore i zapisnike o već ranije preuzetim obavezama. Pošto ih je pažljivo prelistao ponovo je uzeo reč:

– Ugovor o otvaranju rudnika je potpisan. Iz zapisnika o dogovorima koji su prethodili potpisivanju proizlazi da vlada Balkanije jemči da će sve preuzete obaveze biti ispunjene. Iz spisa preda mnom ne vidi se nikakvo protivljenje. Samo puna saglasnost, naprotiv.

– S dužnim poštovanjem, gospodine, s dokumentima o kojima govorite saglasne su vlasti, ali ne i meštani na čijim imanjima je predviđeno otvaranje kopova.

Ne obraćajući pažnju na prigovor, Grizli je na uobičajeno nadmen način stavio do znanja da u spisima ne vidi ništa sporno.

– Ugovor je ugovor. Može vam se sviđati ili ne sviđati, ali jednom potpisan mora se poštovati.

– Nije tako jednostavno kao što izgleda.

Ne obazirući se na prekorne poglede ne samo domaćina već i članova sopstvene delegacije, Disident, koji se jedini usudio da progovori, rešio je da ide do kraja.

– Za ugovor koji je potpisala ministarka nije tražila saglasnost niti je dobila odobrenje vlasnikâ zemlje koje ste vi pogrdno nazvali „seljačinama".

U sali je zavladao muk. Proteklo je dobrih nekoliko minuta da se čuje žamor koji je, ako ništa drugo, svedočio da su se učesnici savetovanja povratili od zaprepašćenja.

Šef delegacije Balkanije i doslovno je pomahnitao.

– Ko je ovaj manijak? – uzbuđeno se raspitivao.

Objašnjenje da je govornik geolog koji je u savetodavnom svojstvu priključen delegaciji nije ga umirilo. Kada je konačno dobio reč, Šef delegacije se upinjao iz petnih žila da objasni kako je posredi „nesporazum". Tražio je, stoga, da se govoru geologa u svojstvu savetnika ne pridaje pažnja jer on izražava samo svoje mišljenje, a ne i zvanično stanovište.

– Ponoviću još jednom – izgovorio je to patetičnim, maltene zagrobnim glasom – da sam ovlašćen da izjavim kako Balkanija u potpunosti poštuje obaveze iz ugovora. Da će, drugim rečima, učiniti sve da se na zadovoljavajući način što pre oživotvore. Niko, prema tome, ne sme da sumnja da vlasti i narod Balkanije vide u otvaranju rudnika veliku razvojnu priliku koju neće omesti nikakva osporavanja. Najmanje beznačajnih likova koji, ponavljam, ne izražavaju zvaničan stav delegacije niti imaju pravo da u njeno ime govore.

Ne obazirući se na upozorenja koja su sve više ličila na pretnje, Disident je primetio da interesi vlasti i naroda nisu istovetni.

– Vlasti su za otvaranje rudnika. Narod je protiv.

Pokušaji Šefa delegacije Balkanije da ućutka otpadnika nisu uspeli. Čak ni kada ga je opisao manje otmenim pojmovima. Grizli se, naprotiv, oglušio o zahtev da se Disidentu uskrati pravo govora dopuštajući mu da obrazloži svoje viđenje.

Učinio je to zbog toga što je u njegovim rečima prepoznao verodostojno svedočenje o prilikama u Balkaniji. Istinu koja je nedostajala u govorima i spisima važnijih ličnosti. Obratio mu se zbog toga rečima koje su Šefa delegacije Balkanije još više uznemirile.

– Bio bih vam zahvalan ako biste podrobnije objasnili zbog čega se seljaci bune. Prema uvidu u ugovor, vlasnicima zemlje je za otkup imanja ponuđena cena višestruko viša od tržišne. Stavljeno im je takođe u izgled da će moći da se zaposle u rudnicima i u pratećim pogonima. Hoću da kažem da im niko ne otima zemlju. Dobijaju, naprotiv, zauzvrat i novac i zaposlenje.

– Više bi im, ipak, prijalo da uživaju u pitomini u zasadima malina nego da pod zemljom rove u rudnicima. Postoji još nešto što ni po koju cenu ne mogu da prihvate. Svest o tome da će zemlja i voda biti zauvek zatrovani. Da će morati da napuste svoje kuće i polja. Zemlju koja je, u najdoslovnijem smislu, zasejana kostima njihovih predaka. Da im tu gde su rođeni i odrasli nema više života.

– Ne mogu, ipak, da razumem – primetio je sa uzdahom Grizli – odsustvo svesti o širem interesu. O „istorijskoj razvojnoj prilici“ (ni on nije propustio da izgovori frazu koja mu je, zbog čestog ponavljanja, bila odvratna) da učestvuju u iskopavanju rude neophodne za proizvodnju baterija za pogon automobila, ali i za druge takođe avangardne poduhvate.

– Pretpostavljam da kada govorite o „širem interesu" imate na umu državu i njoj pripadajuće megakorporacije?

Grizli je potvrdio da je upravo na njih mislio.

– E pa, vidite – Disident kao da je jedva čekao da to javno obznani – u tome je suština nesporazuma. Možda su nekada, ma koliko to patetično zvučalo, seljaci bili spremni da izginu za svoju državu. Ne više, nažalost.

– Šta se promenilo?

– Ne veruju joj više.

– Zbog čega?

– Zbog toga što ih je više puta obmanula, izneverila i ostavila na cedilu.

– Znači li to da se neće boriti za nju?

– Ne sa istom snagom i odlučnošću kao za svoje parče zemlje.

– U tome je, znači, razlika?

– Da. U tome je razlika.

– Ne vidim, ipak, kako se mogu odupreti. Kako se mogu nositi s jačim od sebe? – Nije odoleo da stavi do znanja sa čime se seljaci hvataju ukoštac.

– Nemojte se zavaravati da ćete s meštanima koji brane svoje kuće i imanja lako izaći na kraj. Slušajte samo šta običan narod govori.

– Da čujem.

– Da bageri mogu da prođu samo preko njih mrtvih.

– Spremni su, dakle, da se žrtvuju, primetio je podrugljivo Grizli.

– Da sam na vašem mestu, ne bih potcenjivao njihovu spremnost da se bore za svoje posede.

– Pa majku mu, koliko puta treba da podsećam da zauzvrat dobijaju naknadu i zaposlenje.

– Hoćete da kažete da treba da su srećni što će umesto malina „uzgajati" baterije?

– Da. To hoću da kažem.

– Znate li šta vam narod za njih poručuje?

Ne samo Grizli već i svi učesnici savetovanja načuljili su uši.

– Kažu da ih možete gurnuti sebi u zadnjicu.

13.

PUJDANJE ŠAKALA

Predsedavajući mastodontskog rudarskog koncerna u stanju je razdraženosti najviše ličio na svoj nadimak Grizli. Frkćući i grebući kandžama po zelenoj čoji pisaćeg stola, naložio je šefu kabineta da hitno pozove ministra inostranih poslova. Iako je lično poznavao šefa diplomatije, s kojim se družio na golf igralištu, s predumišljajem je izabrao da predstojećem razgovoru dâ zvaničan karakter.

Ministar je, kako je i očekivao, smesta uzvratio poziv.

– Šta je tako hitno? – brižno se raspitivao.

Grizli nije bio raspoložen za gubljenje vremena. Stoga je bez suvišnog uvoda objasnio šta ga muči.

– Tačno si procenio. Brinu me vesti iz Balkanije. Još određenije saznanja, potvrđena na savetovanju tim povodom, o rastućem otporu otvaranju rudnika.

– Ne brini. Tamošnje vlasti su na najvišem nivou preuzele obaveze koje, iz domaćih razloga, kriju od javnosti. Još nešto. Dobro su upućene u to šta se zbiva kada se ne poštuju ranije utanačeni dogovori.

– Upravo te zbog toga i zovem. Hteo bih da ih na to još jednom podsetim.

– Veruj mi da to redovno činimo. Ambasador u Balkaniji ima izričit nalog da u svakom susretu s najvišim vlastima temu otvaranja rudnika iznova pokreće. Nema potrebe, najzad, da te uveravam da su interesi korporacije koju predstavljaš i države ne samo podudarni već, u doslovnom smislu, istovetni.

– Ne sumnjam u to. Zaista ne sumnjam. Hteo bih, ipak, da se u podsećanje na obaveze vlasti u Balkaniji i sâm uključim.

– Iako mislim da za tim nema potrebe, kaži mi na koji način da ti pomognem.

– Tako što ćeš u Balkaniju za tamošnjeg Gospodara otpremiti hitnu pošiljku.

– Kako? Kurirskom poštom?

– Ne. Izaslanik vlade će je već danas poneti avionom da je lično uruči.

– Zar je pošiljka tako kabasta da se mora prevoziti avionom?

– Još jednom ne. Izaslanik će poneti samo jedan koverat.

– Šta je u njemu?

– Samo jedna karta za gostovanje cirkusa *Barnum* i još jedna za predstavu u *Pozorištu lutaka*.

– Ne razumem – priznao je zbunjeno ministar.

– Nema potrebe da razumeš. Amon će razumeti.

Šef diplomatije je za trenutak zaćutao. Taman toliko koliko je bilo potrebno da uporedi svoju moć sa onom predsednika rudarske korporacije. Pa, bila je u istoj takvoj nesrazmeri koliko i avion s kovertom za Amona.

Sa usiljenom ležernošću stoga je poručio Grizliju:

– Ne brini. Pošiljka će već danas biti isporučena.

Samo što je spustio slušalicu telefon je ponovo zazvonio.

Grizli se još jednom oglasio:

– Ako postoje bilo kakve teškoće u prevozu pošiljke vladinim avionom, na raspolaganju je avion korporacije.

– Ne, ne mislim da će ih biti. – Ministar je lekciju o nesrazmeri moći već dobro utuvio u glavu da bi sebi dopustio i najmanje kolebanje.

Amon je bio van sebe od besa. Maltene u stanju poremećenosti u kome je s treskom otvarao i zatvarao vrata, naletao na stolove i fotelje i, najzad, urlao na potčinjene i najbliže saradnike. Bacivši koverat na sto ispred sebe, razgnevljeno je pitao:

– Znate li šta je ovo?

Izvirujući oprezno, kao kornjače iz oklopa, učesnici na brzinu sazvanog sastanka nisu videli ništa drugo osim belog koverta. Pošto je odgovor izostao, Amon je ispraznio koverat u kome su bile samo dve karte. Podižući ih visoko u ruci, već unapred se pomirio da za njihovu namenu neće znati.

– Pretpostavljam da vam svrha ovih karata nije poznata.

Dočekala ga je grobna tišina. Ni svetski šampioni u odgonetanju ne bi, uostalom, znali čemu drugom, osim ulasku na predstave cirkusa *Barnum* i *Pozorišta lutaka*, mogu da posluže.

– E pa, nije tako. – Amon je nedoumicu prekratio neočekivanim razjašnjenjem: – To što vidite u materijalnom smislu jesu ulaznice. Ali ako poznajete Platona, znaćete da su one samo privid veće istine sadržane u predstavi ili, kako grčki filozof kaže, u ideji o stvarima.

Među prisutnima je tek poneko načuo za Platona. Dok su se, otuda, pretvarali da gore od želje da proniknu u misli grčkog filozofa, jedino što ih je zaista zanimalo bilo je da dokuče šta smera Amon. Pošto ih je, po običaju, pustio da nagađaju, konačno se smilovao da objasni razliku između privida i stvarnosti.

– Ovi papirići – trljao je karte između palca i kažiprsta – ne služe samo kao ulaznice već i kao oruđe za ucenjivanje.

Kroz salu je prostrujao žamor kojim su najbliži Amonovi saradnici izrazili uznemirenost zbog opasnosti koja je još bila zaklonjena maglovitom enigmatičnošću. Ma koliko se naprezali nisu mogli da shvate kako karte za cirkusku i lutkarsku predstavu mogu da ugrožavaju bilo koga.

– Reći ću vam kako – Amon se potrudio da najužem krugu pouzdanika poveri kakva je svrha pošiljke koju mi je uručio lično izaslanik države u kojoj je rudarska kompanija matično preduzeće. – Da me podseti na preuzete obaveze. Druga je, naravno, priča kakve veze imaju ulaznice s njima. Nema potrebe da se upuštam u pojedinosti (mislio je svakako na odsečenu glavu koja se otkotrljala pod noge lutkarskog kralja). Dovoljno je, najzad, ako kažem da su bile veoma poučne.

Niko se nije usuđivao da pita ni za obaveze ni za pouke.

Amon je, najzad, i sâm odustao od Platona. Umesto da raspreda o njegovom učenju o prividu i stvarnosti, prešao je na pojedinačna propitivanja, bolje reći prozivke.

– Ako ste razumeli šta sam hteo da kažem (svi su klimali glavom, iako uistinu ništa nisu razumeli), hteo bih da znam šta ste preduzeli protiv meštana koji se protive otvaranju rudnika.

Iako nisu znali kako će Amon da primi njihove iskaze, makar malo su odahnuli. Ako ništa drugo, laknulo im je da se bar zna o čemu se govori. Sve se, dakle, vrtelo oko rudnika. Gazde iz sveta pritisle su Amona da i on pritisne svoje.

Ni vlasnici rudarske kompanije ni država iz koje potiču nisu, najzad, morali ni toliko da se trude. Da će, kada je reč o sopstvenoj koži, Amon biti neumoljiv, bilo je manje-više svima poznato. Kao što je i njemu bilo poznato da njegovi nalogodavci celo čovečanstvo vide samo kao plen. Da u njemu, kao bilo koja zver, razdvajaju jedino ono jestivo od onog nejestivog. Znao je, takođe, da se i on može naći na „kanibalskoj trpezi“, kao što se sada, na nešto manje obilnoj, nalaze njegovi potčinjeni.

Prvi su prozvani odgovorni za bezbednost iz vojske i policije. Uslužno su ponudili na uvid dosijee svih učesnika Osnivačke skupštine *Udruženja ljubitelja patine.* Pohvalili su se da ih neprestano prate i uhode. Da ne mogu da se maknu a da službe to ne znaju. Posle dužeg vremena, kada se već činilo da razgledanju albuma, bolje rečeno foto-dosijea „prestupnika“ nema kraja, Amon je, pucketanjem prstiju, dozvao šefa policije.

– I na fotografijama koje ste ranije pokazivali i na ovima iz najnovijeg foto-albuma u prvim redovima vidim lika s gustom bradom i zelenim brkovima. Takođe, prelepe devojke s dugom zelenom kosom. Da li ste istražili ko su likovi koji su očito kolovođe protesta?

Šef policije je zbunjeno treptao. Nije, ipak, mogao da izbegne priznanje da o njima nema nikakva saznanja.

– Pa majku mu božju! – Amon je pomodreo od besa.

– Zar kamere za raspoznavanje likova nisu na banderama na svakom ćošku? Pa zar ja treba da premotavam filmove i tražim u kartoteci kolovođe? Za šta vas, dođavola, plaćam kad niste u stanju da obavite posao koji je u ravni policijskog pripravnika? – sada je već, sasvim pomahnitao, vikao iz sveg glasa.

Šef policije je bespomoćno širio ruke. Sudeći po izrazu lica samo što se nije zaplakao.

– U posedu smo fotografija snimljenih u najvećoj rezoluciji – pravdao se kao šegrt u fotografskoj radnji. – Nevolja je u tome – mucajući se žalio – da o likovima koje ste uočili ni u policijskoj kartoteci, ni u najstarijim arhivama ne postoji nikakav trag. Ni u ustanovama koje se bave izdavanjem ličnih dokumenata. Nema mesta gde se nismo raspitivali. Od matičara do banaka.

– Pa ako su rođeni, mora da imaju krštenicu – zavapio je Amon.

– Ne. Ništa. Apsolutno ništa, verujte.

– Da li vam je, možda, palo na pamet da ih pratite? Ne moraju baš da vam ličnim kartama dokazuju gde žive i rade.

– Naravno da smo ih pratili. Lika s gustom bradom i zelenim brkovima, koga ste uočili među kolovođama protesta, pratilo je čak više agenata.

– I šta? Nestao kao duh? – Vrhovni se podrugljivo raspitivao.

– Baš kako ste rekli. Kao duh. Jednom smo, na dojavu da je viđena osoba koja odgovara liku s gustom bradom i zelenim brkovima, upali u letnju baštu da u njoj zateknemo samo oronulog starca.

– A Zelenobradi? Šta je bilo s njim? Da li ste na mestu gde se pojavio primetili nešto neobično?

– Osumnjičenog nije bilo ni od korova. Kao da je u zemlju propao.

– Mora da je, ipak, ostavio neki trag. Otisak na sedištu. Bilo šta od koristi za forenzičare?

– Ništa. Apsolutno ništa.

– Baš ništa.

– Sto za kojim je, prema svedočenju konobara, sedeo bio je nedirnut a sedište poravnato. Nije bilo ničega u smislu materijalnih dokaza.

– Jedino... – Šef policije se počešao po glavi.

– Šta jedino? – Amon se nestrpljivo oglasio.

– Jedino što je jastuče na naslonjači bilo natopljeno vodom. Ispod stola se takođe širila sve veća barica.

– Možda se taj tvoj duh umokrio od straha – primetio je Amon, na uveseljavanje prisutnih.

– Ne. Ništa slično mokraći.

– Šta ako je neko slučajno prosuo bokal s vodom?

– I to smo ispitali. Laboranti su utvrdili da voda nije za piće. Da potiče iz neke reke ili jezera.

– Hoćeš da kažeš da se taj tvoj duh, ako uopšte postoji, cedio ili otapao kao da je izašao iz vode.

– Baš kako ste rekli. Kao da je izašao iz vode.

– Da li je, dok je još šetao kao živ čovek – Amon nije odustajao od podsmešljivosti – išta govorio? Da li je glasno negodovao? Da li se pridruživao protestima protiv vlasti?

– Ne, ništa od toga. Samo je nešto s pticama ćućorio.

– S pticama ćućorio... – Amon se uhvatio za glavu, primetivši, više za sebe: – Ovaj će načisto da me izludi.

Pribravši se donekle ponovo je pucketanjem prstiju pozvao posilnog da mu još jednom prinese album s fotografijama učesnika protesta. Zapanjeno je otkrio da su na ramenima lika s gustom bradom i zelenim brkovima zaista ptice. Kao da jedni drugima nešto važno poveravaju.

– Kao da taj Zelenobradi razume ptičji jezik – promrmljao je začuđeno.

Da je samo znao koliko je u pravu. Kao što je bio u pravu Šef policije kada je tvrdio da se lik s gustom bradom i zelenim brkovima pojavljuje i iščezava kao duh. Nisu to mogli da znaju jer ne poznaju ptičji jezik. Nisu, prema tome, mogli da dokuče ni ono što ptice znaju: da u pobuni protiv zagađenja zemlje i vode i trovanja vazduha ljudi više nisu sami. Da im se, kao zaštitnici šuma i reka, pridružuju stari bogovi.

Odlažući privremeno u stranu istragu o likovima koji se u povorci protesta pojavljuju čas kao oronuli starci a čas kao duhovi, Amon je, pomalo pokoleban, hteo da čuje šta o svemu što se dešava misle drugi učesnici zasedanja.

Za reč se javila Poverenica za štampu, koja se požalila da iz prikupljenih dosijea nema dovoljno građe da se protivnici otvaranja rudnika ozbiljno ocrne.

– Kako je to moguće? – začudio se sazivač skupa.

– Tako što se ti ljudi ne bave politikom već zaštitom prirode.

– Ko to kaže? – Amon je uzrujano pitao.

– Oni sami na društvenim mrežama to često govore.

– Šta to?

– Pa to da žele da sačuvaju nezagađenu zemlju i vodu. Da udišu čist vazduh. Da uzgajaju maline, a ne baterije.

Amon je, izgubivši prisebnost, tako snažno lupio šakom o sto da je ispražnjeni koverat poleteo kao dečji balon da bi, pošto je neko vreme lebdeo nad glavama prisutnih, ponovo sleteo na sto.

– Koji put već moram da vas podsećam na reči predsednika televizijske kompanije *CBS* Ričarda Senta, koji je svojevremeno izjavio: „Nije naš posao da damo ljudima to što oni žele, već ono što mi odlučimo da treba da imaju."

Naravno da su znali. Znali su ih napamet. Kao što su znali da će Amon redovno posegnuti za njima kada je nezadovoljan radom „službi". Pa nije da se nisu trudili da udovolje Gospodaru. Da suzbiju otpor koji je, po njima, bio samo „kapilarne prirode".

– Ne mogu da verujem – sada je već u samosažaljenju duboko uronio u ulogu napuštenog Kralja Lira – da država sa svim svojim službama ne može da izađe na kraj sa šačicom pobunjenika.

Za izostanak pomaka u istrazi samo je sebe krivio. On je bio taj koji je stvorio homogenu partiju. Koja je, da bi njega slušala, odustala od sopstvenog rasuđivanja. Nije im, najzad, ni bilo to potrebno sve dok je i za sve njih on sâm odlučivao. Kako bi mi dobro došlo, mislio je potišteno, kada bi postojao bar neko s kim bih mogao da se posavetujem. Ko bi govorio bez straha i snebivanja. Ko se ne bi udvorički trudio da pogađa šta mi je u glavi. Kome bi, najzad, bilo svejedno da li će me razgaliti ili rasrditi.

– I rimski imperatori su uza se imali umne ljude. Čak i Neron je za savetnike imao filozofe. Koga ja, dođavola, imam? Samo klonove.

Uzalud je vapio za ličnošću koja će se usuditi da mu protivreči. Nije je bilo jer je lično on, Amon, zalivao starorimskim cementom od krhotina stena i vulkanskog pepela svaku i najmanju naprslinu homogenog mišljenja.

Svakako je znao da nije moguće da se monolit vrati u prvobitno stanje „rasutog tereta", osim da se razbije teškim čekićima. Da se raspukne kao zreli nar. Kao što je znao da bi narušavanje partijskog jedinstva bilo uvod u raspad celog sistema. Dovoljno je, najzad, poznavao istoriju da u svesti ima jasnu sliku o tome kako završavaju vladari koji to sebi dopuštaju.

U isto vreme čeznuo je za daškom vetra. Za makar malom pukotinom kroz koju bi prostrujao unoseći svežinu u vonj ustajalog vazduha. Daleko od toga da je težio raznoglasju. Još manje vladavini u kojoj njegovo mišljenje neće imati snagu zakona.

Zbog čega mu je onda smetala zbijenost partijskih redova kao kod rimskih legija u osvajačkom pohodu? Zbog toga što je to značilo da će i ubuduće sâm nositi teret koji ga je sve više pritiskao. Ma koliko osećao potrebu za rasterećenjem, dobro je znao da nema izbora. Da ne može protiv sistema koji je sâm stvorio. Morao je, hteo ili ne, ponovo da zategne uzde sve do pucanja.

– Ako izuzmemo duhove kojima još nismo ušli u trag, šta je s drugim kolovođama pobune za koje sa izvesnošću znamo da postoje? S Vevericom i Mamutom?

Preduhitrivši Šefa policije, prvi je, kao i uvek kada treba smisliti neku podlost, pohitao da odgovori Piskavi Gmizavac.

– Verujem da je neophodno – šištao je kao parna lokomotiva na usponu – da bez odlaganja uklonimo kolovođe protesta. Mislim pre svega na Vevericu i Mamuta, koji su na svim snimcima u prvim redovima buntovnika.

– Na koji način? – zainteresovao se Amon.

– Predlažem da se poseče sve drveće u gradovima i najbližoj okolini većih naselja. Pošto bi tako bila zatrta prirodna staništa, veverice bi bile istrebljene bez upotrebe sile.

– A mamuti? Šta ćemo s mamutima? – pitao je Vrhovni.

– I za njih postoji „konačno rešenje". Možemo ih ponovo staviti pod led ili otopiti. Ma šta od toga izabrali, ne verujem da će preživeti.

Amon je odmahnuo rukom, što je moglo jedino da znači kako su predlozi Piskavog Gmizavca neprihvatljivi. Objasnio je i zašto.

– Sečom drveća samo bismo dali za pravo našim protivnicima koji govore da smo protiv prirode. Da su nam, umesto šuma, draže puste ledine.

Znao je, naravno, da ne može da sedi skrštenih ruku. Da je neophodno da nešto preduzme. Predloge Gmizavca je odbacio ne zato što je izbegavao ogoljeno nasilje, već što je procenio da još nije vreme da mu pribegne. Istini za volju, ni sâm nije bio načisto šta je u obračunu s protivnicima najcelishodnije.

Pošto je otpustio sve nevažne članove SNB-a, zadržao je samo one najbliže. Ništa novo, nažalost, nije čuo. Jedino pozivanje na već uhodani mehanizam koji se prema protivnicima odvajkada primenjivao.

Doktor Singer, koji se takođe javio za reč, bio je mišljenja da je, koliko i ocrnjivanje protivnika, važno i zavođenje naroda. Potrebno je, drugim rečima, da se privoli na potrebe koje su u svest domorodaca usađivali osvajači još u pretkolonijalno doba.

– Možeš li da budeš određeniji? – zatražio je Amon.

– Bez namere da se moje reči dožive kao predavanje iz istorije, hteo bih samo da vas podsetim da su kolonizatori, u zamenu za đinđuve i svakojake bezvredne drangulije, postajali vlasnici kontinenata.

– Ne vidim nikakvu analogiju sa savremenim dobom – primetio je Amon.

– Ako malo bolje pogledate na šta danas liče gradovi, videćete da postoji. Nikada, ni u nedavnoj ni u davnoj prošlosti, nije kao danas bilo toliko nastojanja da se zaseni prostota.

– Čime?

– Nametljivim reklamama, neprikladnom uličnom rasvetom, novogodišnjim jelkama sa šljaštećim ukrasima, „raspevanim fontanama"... Sve u svemu ne vidim da se zavođenje beznačajnostima danas razlikuje od onog kojima su bili izloženi urođenici u pretkolonijalno doba. U tom smislu su i srednjovekovni gradovi imali više ukusa. Ljudi su se okupljali na trgovima i napajali vodom iz kladenaca na svakom ćošku. Zabavljali su se, drugim rečima, zadovoljavajući postojeće, a ne izmišljene potrebe.

– Ne razumem kakve pouke iz te priče treba da izvedemo.

– Sadržane su u činjenici da se narod lakše obmanjuje ili, da se otmenije izrazim, zavodi prividima nego stvarnošću.

– Na čemu zasnivaš takvo uverenje?

– Na tome da oni najbedniji glasaju za vlasti koje su ih takvima učinile.

– Zar ih to što su siromašni ne čini nezadovoljnim?

– Nezadovoljni su svojim životom, ali ne i državom.

– Kada o tome govorim ne izdvajam posebno siromašne Balkanije, koji se ni po čemu ne razlikuju od žitelja bilo koje druge zemlje. Mislim, naprotiv, o svojstvima koja su zajednička celom čovečanstvu. O osobinama koje je Darvin ovako opisao: „Čovek sa svim svojim plemenitim osobinama, saosećanjem prema nemoćnima, dobrodušnošću ne samo za druge ljude već i za najniža bića, božanskim intelektom – uprkos svim tim uzvišenim svojstvima – još nosi u sebi neizbrisivi pečat niskog, zverskog porekla."

– U šta bi takvu vrstu ljudi svrstao? – zainteresovao se Amon.

– U bilo šta, samo ne u budiste.

– Ne – vrteo je glavom – nikako u budiste. Znate li, možda, zašto? Suočen s ćutnjom sâm je odgovorio:

– Zato što budisti kad god nešto krene naopako krivca za to prvo potraže u sebi. Nisu im, drugim rečima, za neuspeh drugi krivi.

– E pa, vidite, mi u zavođenju naroda igramo upravo na tu kartu. Kažemo čoveku: istina je da živiš u bedi, ali nisi ti za nju odgovoran. Za nju su krivi svi koji su te omeli da uspeš.

– Ko je sve na spisku odgovornih? – zainteresovao se Vrhovni.

– Poduža je to lista. Neka vrsta društvenog *perpetuum mobila*, što će reći večito pokretljiva i obnovljiva traka na kojoj se ređaju imena kao u vestima na dnu televizijskog ekrana. Šta je, uostalom, izborna kampanja do listanje spiska onih koji našeg štićenika (ometenog u društvenom razvoju) sprečavaju da se izjednači sa uspešnijima od sebe.

– E pa, mi smo tu da mu pomognemo. Nije, prema tome, istina da nudimo samo lažna obećanja. Spremni smo, naprotiv, da naše glasače raspoređujemo na mesta za koje nemaju ni znanja ni obrazovanja. Zauzvrat će dati glavu za vlast koja im je to omogućila. Sasvim jednostavno, zar ne?

Svi prisutni su uprli pogled u Amona. On je, najzad, bio taj bez čijeg izričitog odobrenja ni odobravanje ni osuda nisu bili poželjni.

Pošto je neko vreme zamišljeno ćutao Amon se napokon oglasio:

– Nisam siguran da je ovoga puta tako jednostavno.

Nije da je narod baš ravnodušan kada sve to čuje. Ali se nezadovoljstvo zbog toga ni izdaleka ne može meriti s gnevom koji oseća kada je lično ugrožen. Kad mu mečka zaigra na kućnom pragu. E pa, zaigrala je. I to mečka iz našeg zverinjaka.

– Na šta određeno mislite? – upitao je Savetnik.

– Na to da zbog međunarodnih obaveza koje smo preuzeli raseljavamo meštane, zagađujemo zemlju i vodu i, uvoznom „prljavom industrijom", i doslovno trujemo narod.

– Nije da zauzvrat ništa nije ponuđeno.

– Šta to?

– Nadoknada za zemlju, zaposlenje u novootvorenim rudnicima i fabrikama.

– Materijalna nadoknada je nedovoljna da, preseljenjem u manje plodne krajeve, obnove posede kakve su imali. Da i ne govorim o žalu zbog napuštanja doma u kome su došli na svet. O emocionalnoj osujećenosti koja je nenadoknadiva.

– Nema sumnje da je sve to za žaljenje – Doktor Singer je ponovo dobio reč – ali je neizbežno. Kao što i sami znate pronalazak parne mašine je uništio prevaziđene zanatske pogone, a uvođenje železničkog saobraćaja označilo je kraj kočija s konjskom zapregom. Hoću da kažem da se svaki napredak plaća određenom cenom. Da deo stanovništva ispašta radi opšteg dobra.

– Iskreno govoreći, svejedno mi je što će tamo neki seljaci biti raseljeni, ali me vesti o tome da su spremni da se pobune ne čine nimalo ravnodušnim. Da budem još jasniji, nimalo me nije briga što će novootvoreni rudnici zagađivati zemlju i vodu, ali me veoma brinu vesti da kapilarni otpori mogu da prerastu u sveopštu bunu.

– Razumete li šta govorim? – kao da je izgubio kontrolu nad sobom, Amon je glasno bogoradio. – Nismo se ovde okupili da jadikujemo nad sudbinom oštećenih, već da branimo vlast.

* * *

Vlast kao poslednja reč u Amonovom monologu je, poput metalne membrane, treperila kao posle udarca gonga u bokserskom ringu. Kao odjek crkvenih zvona u Aja Sofiji koja su pozivala na otpor turskoj najezdi.

– Iz izveštaja koje dobijam saznao sam za još jednu zabrinjavajuću pojavu.

Pre nego što je ponovo progovorio, duboko je uzdahnuo.

– Među pobunjenim seljacima se proneo glas da su na njihovoj strani stari slovenski bogovi, poznati kao zaštitnici šuma i reka. Javljaju se čak očevici koji tvrde da su ih na protestima videli u prvim redovima. Prepoznali su ih po gustoj bradi i zelenim brkovima, tačno onako kako su opisani u slovenskoj mitologiji.

Šef policije nije propustio priliku da se uključi u raspravu:

– Naše službe su na mestima na kojima je dojavljena pojava lažnih bogova zatekle samo iznemogle meštane u poodmaklim godinama.

– Da službe poznaju mitologiju – primetio je prezrivo Amon – znale bi da se postojeći ili lažni bogovi vešto prerušavaju. Da preuzimaju različite oblike uključujući i one ostarelih seljaka.

– Hoću samo da kažem da ne postoje nikakvi materijalni tragovi o prisustvu natprirodnih bića. Da se o njihovom postojanju, bez ikakvih dokaza, jedino širi glas.

Amon se uhvatio za glavu.

– Ništa se među sujevernim narodom brže ne rasprostire nego priča o neobjašnjivim pojavama. Pre će, drugim rečima, poverovati u privide nego u stvarnost. Upravo me to najviše i brine. Protivnike vlasti mogu lako da pohapsim. Ali kako da zaustavim priču? I da je strpam u zatvor, preživeće. Još više će se, nažalost, proširiti.

Prisutni su se začuđeno pogledali. Prvi put, koliko pamte, Amon je s malodušnošću priznao da je nemoćan. Da nema načina da priču utamniči.

– Ne morate da se brinete – oglasio se još jednom Šef policije. – Moji ljudi su se postarali da se raširi još jedan glas.

– Kakav?

– Da su staroslovenski bogovi, postojeći ili izmišljeni, samo vampiri.

Kao da ne primećuje Amonovo nestrpljenje, postarao se da u podužem traktatu predoči prisutnima da je u kultu predaka verovanje u vampire prisutno kod mnogih naroda.

– Vampira doživljavaju kao demona ili, još određenije, kao nečistu dušu pretka koja se vraća među žive da im nanosi svakojaka zla, od kojih je najgore isisavanje krvi živih ljudi. Iako može da poprimi različite vidove najčešće se javlja u liku čoveka kakav je bio za života. Veruje se takođe da može da se održava četrdeset dana, šest nedelja, jednu ili dve godine, ali i više decenija ili doveka.

– Kod nas će, naravno, večno potrajati – primetio je malodušno Amon.

Doktor Singer se, da privuče pažnju, glasno nakašljao:

– Mislim da je važno da se zna da su za povampirenje predodređeni pokojnici koji su za života mnogo grešili.

– Ako je tako – primetio je Amon – svi ovde prisutni će u zagrobnom životu postati vampiri.

Nikome pak nije bilo do smeha. Ni samom Amonu.

Doktor Singer je još jednom pokušao da učesnike skupa koliko-toliko odobrovolji. Da ih uveri da ne postoje razlozi za brigu.

– Zbog čega sam u to siguran? Zbog toga što će se s drevnim bogovima, ako ih predstavimo kao vampire, sâm narod obračunati. Da će se, kao i uvek, izboriti sa urocima i zlim činima.

Amon je još jednom grubo ućutkao govornika.

– Ako već sâm o tome ništa ne znaš (uvodne reči Amonove doživljene su kao prekor), reći ću ti da su se meštani u kraju u kome je nagovešteno otvaranje kopova već uhvatili ukoštac s demonima. Šta sve nisu činili: prevodili ždrepca dorata preko sveže iskopanih humki, iskopavali pokojnike i one u „održivom stanju“ probadali kocima i spaljivali. Ništa nije vredelo. Zemlja i voda nisu bili ništa manje zagađeni. Vazduh ništa manje ubitačan.

– Pa šta misliš da su zaključili? – netremice je posmatrao Savetnika kao da hoće samim pogledom da ga proburazi.

Svi su u samrtnoj tišini čekali na epilog, koji je Amon, kao i uvek, odlagao do tačke pucanja:

– Zaključili su da nisu vampiri ti koji piju krv narodu. Da su to grabežljive rudarske kompanije i vlasti koje im to dopuštaju.

– Još nešto si propustio da pomeneš.

– Šta to?

Iz bojažljivosti kojom je odisalo pitanje videlo se da Savetnik ne gori baš od želje da sazna u čemu je još omanuo.

– To da opozicija jedva čeka da pojam vampira dovede u vezu s „manipulacijama vlasti i ideološkim i političkim jednoumljem i iz toga proizašlom autoritarnom vladavinom", što će reći s nama. Da pojednostavim to stanovište: mi smo ti vampiri kojima treba zabiti glogov kolac u stomak.

Žamor negodovanja prostrujao je salom. Nikom od prisutnih nije prijalo da se poistoveti s vampirima, i to još s glogovim kocem u stomaku.

Sa šakom nadole, Amon je pozvao prisutne da se smire.

– Manimo se praznih priča. Vampira i demona. Postojećih i lažnih bogova. Trovača i vidara. Neka se njima bavi onih deset odsto obrazovanih, ako ih i toliko ima (ne računajući one s kupljenim diplomama). Da makar liče na srednjovekovne alhemičare koji su, da dođu do zlata, utiskivali magične formule u hemijska jedinjenja. Ali ne! Oni, sasvim obrnuto, uškopljuju život uterujući ga u jalove teorije i neizmenljive dogme.

– Zato i kažem da ne treba da brinemo – Doktor Singer nije odustajao od više puta ponovljenog stanovišta.

– Nisi me razumeo – Amona je sve više izdavalo strpljenje. – Ne brine mene zanemarljiv procenat nezadovoljnih građana, već onih devedeset procenata nezadovoljnih seljaka.

– Od njih bar ne morate da strahujete. Bili su uvek na našoj strani. Na strani vlasti.

– Nije nimalo izvesno da će to i ovoga puta biti.

Najviši pouzdanici Amonovi doslovno su se ukočili. Nikada još nisu čuli Vrhovnog da na takav način govori o odnosu snaga vlasti i njenih protivnika.

– Znate li šta to znači?

Ne čekajući odgovor, sâm je poručio:

– To znači da će nas nikada veća masa naroda goniti vilama i motikama sa željom da nas dotuče kao i vampire glogovim kocem. Nemojte se nadati da će među pomahnitalom masom biti više naših. Neće biti ni naših ni njihovih. Biće samo seljaka koji brane svoja imanja. Više od toga: pravo da postoje.

– Nemojte, osim toga, da omalovažavate verovanje naroda u postojanje natprirodnih bića. Da niste kupovali lažne diplome, znali biste da je mitsko nasleđe prisutno u najdubljim slojevima svesti u kojima se skladište najstarije priče o postanku sveta. One uvek počinju slikom haosa i sukobom velikih božanstava. Kada jedno nadjača sva druga, Svevišnji, kao Pobednik, preuređuje haos u kosmos a ono što preostaje zatvara u kovčeg, urnu ili ćup i smešta u podzemni svet, kojim vlada Arhidemon, krvožedni gospodar smrti, okružen vernim podanicima. Pa ako ovaj drevni mit pomerimo u sadašnjost, gde sebe vidite u njemu: u donjem svetu u vlasti Arhidemona, ili ste u zabludi da ćete na ovom večno trajati?

Ma koliko obesni i samouvereni, najviši zvaničnici Balkanije prvi put su se ozbiljno zabrinuli. Ne zato što su, čak i oni sa ispravnom diplomom, razumeli kosmogonijsku pouku. Ni zbog toga što ih je Amon prvi put podsetio na svog takođe mitološkog pretka. Niti zato što su potreseni sudbinom seljaka. Što su opsednuti dobrobitom naroda. Što očajavaju zbog zagađivanja prirodne sredine.

Nisu zbog svega toga ni najmanje brinuli. Jesu zbog nečeg drugog. Zbog nagoveštaja da im se ljulja stolica. Da će se možda stropoštati u ponor. Nisu se u njemu toliko pribojavali Arhidemona koliko su se užasavali pomisli da će ostati bez vlasti. Da će bez nje biti niko i ništa. To je bilo jedino čega su se bojali. Primetivši da su i najbliži saradnici uplašeni onim što su čuli, Amon je odlučio da malo popusti dizgine.

– To što se u Balkaniji događa jeste za brigu, ali nije nerešivo. Nije, najzad, prvi put da se suočavamo s teškoćama. Siguran sam da ćemo ih, kao što smo u prošlosti više puta činili, i ovoga puta prevazići.

Podnošljiviji opis društvenih prilika, nešto između pokajanja i ohrabrenja, donekle je obodrio prisutne. Da je Amonu to i bio cilj potvrdio je on sâm, pozivajući prisutne da se, umesto žalopojkama, pozabave određenim merama.

Dajući dogovaranju enigmatičan naziv „Provodnici i otpornici", potrudio se da odmah objasni njegovo značenje.

– Pojmove iz elektrotehnike nisam slučajno izabrao. Hteo sam samo da to o čemu govorimo zgusnem u malo reči. „Provodnici" bi u predstojećem obračunu bili neka vrsta cevovoda, kroz koji bi kaznene mere tekle bez otpora. „Otpornici" bi, na drugoj strani, bili ti koji se tome protive.

Iako samo simboličnog karaktera pojmovi koje je *Amon* uveo bili su svima shvatljivi. Više od toga primljeni su sa olakšanjem kao povratak na stanje u kome su postojali samo „naši" i „njihovi". Ništa između.

Stanje na koje su navikli uveliko je olakšalo raspravu. Predlozi o tome kako da se „smrse konci" buntovnicima, označenim kao otpornici, naprosto su pljuštali.

– Polako, polako – stišavao ih je Amon. Dajte čoveku malo vremena (pokazao je rukom na stenografa) da sve to zapiše.

Pa, bilo je tu svakojakih predloga. Od onih klasičnih da se „izgrednici" jednostavno pohapse i strpaju u zatvor, do još surovijih: da se jednostavno pobiju. Suptilnije preporuke, ništa manje okrutne, bile su više za to da se, umesto policiji, nasilno ućutkivanje pobunjenih prepusti bandama prerušenim u „navijače". Uz odgovarajuću naknadu, naravno.

Kao da je kraj „lovostaja" za političke protivnike probudio uspavanu i podosta zapuštenu maštu policijskih službenika, klasičan repertoar nasilja i zastrašivanja proširen je i nekim, najblaže opisanim, egzotičnim idejama.

Viši policijski zvaničnik je tako predložio da se proglasi „vanredno stanje" zbog „veveričje kuge".

– O kakvoj kugi pričaš? – Šef policije je nervozno listao poslednje izveštaje.

– O nepostojećoj, naravno, što ne znači da je ne možemo izmisliti.

– Ali zašto, zaboga? – Šef policije se i dalje mučio da pronađe bilo kakvu vest o tome.

– Zato što bismo tobožnju bolest mogli da iskoristimo kao izgovor da iskorenimo sve veverice, među kojima i jednu od kolovođa otpora.

Šef policije je iz povećeg dosijea izvukao fotografiju riđokosog devojčurka.

– Ako si na umu imao ovu osobu, Veverica joj je samo nadimak.

– To ništa ne menja. Lako ćemo uz pomoć medijske gospode – naklonio se Tvorovima i Šakalima, koji su pažljivo slušali – uveriti narod da je devojka i sama obolela od veveričje kuge. Nije li se, boraveći u krošnjama četinarskog drveća, rado družila s toplokrvnim životinjicama? Njeno uklanjanje bi, otuda, lako objasnili brigom da ne zarazi druge. Staranjem o opštem dobru.

Doktor Singer je primetio da bi priča o „veveričjoj kugi" možda prošla.

– Ali šta ćemo s mamutima? Odavno ih nema na zemlji da bi mogli da budu žrtve mamutske ili bilo kakve kuge.

– Pretpostavljam da se interesujete za Neimara, koji je s nadimkom Mamut takođe jedan od kolovođa otpora?

Doktor Singer je klimnuo glavom.

– U pravu ste da je taj slučaj specifičan, ali isto tako i rešiv. Pošto je reč o primerku izumrle vrste, njemu je mesto u muzeju. U Prirodnjačkom muzeju, na primer. Sačuvaćemo ga tako što ćemo ga staviti na led. To je, uostalom, za jednog mamuta odgovarajuća životna sredina.

– Znaš li ti uopšte šta pričaš? Čovek s nadimkom Mamut je još živ. Ne možeš ga tek tako staviti u neku hladnjaču.

– Niko večno ne živi. Ponajmanje mamuti.

Pošto je dopustio svima da govore, Amon je zaključio da je vreme da se svode zaključci. Preuzevši to na sebe, naložio je svim službama da, zasad, koriste oprobane klasične metode. Svi su dobro znali šta to znači. Protivnike će zastrašivati, ucenjivati i na sve moguće načine proganjati. Hapsiti i kažnjavati, a ako ni to ne pomaže – ponekog i „odstraniti". Da li „privremeno" ili „trajno", što su samo jezički eufemizmi za nešto neprijatno, strašno, ružno ili rđavo. Nisu ih koristili zbog potrebe da za to što čine pronađu blažu reč, kao na primer da će nekoga umesto da ubiju „rastaviti s dušom", već kao neku vrstu policijske šifre koja prikriva istinsku prirodu zločinačkog nauma.

Iako se ne može reći da su se članovi Saveta nacionalne bezbednosti dovoljno razumevali u eufemizme, one policijske su, bez dvoumljenja, prepoznavali. Izveštili su se u još nečem – da kao dresirani psi, u samo malo reči ili gestu, proniknu u misli Gospodara. Da nepogrešivo pogode njegove namere i želje.

Opredeljujući se za klasične metode, Amon je propustio da primeti da ni u Balkaniji ni u svetu ništa više nije isto. Oholo je zanemarivao upozorenja koja su, sve češće, stizala, nadnosila mu se takoreći nad glavom, u vidu pandemija, prirodnih nepogoda, orkanskih vetrova, kišâ kao u vreme Nojevog potopa, poplava, ubitačnih vrućina i spržene zemlje.

Nije iz tako učestalih znakova božjeg gneva izvukao nikakve pouke. Nadmeno je prevideo da zastrašivanje i prinuda nisu više dovoljni da umire pobunjene podanike. Da su se u zemaljske poslove umešale natprirodne sile. Nije, doduše, još bilo sveopšteg potopa. Ali nije bilo ni Noja. Ni spasonosne lađe koju mu je Svevišnji ponudio za izbavljenje preostalih živih bića i obnovu života.

Sve u svemu, nije znao ono što su ptice znale. Da je tradicionalan ram u kome se nadmeću zemaljske sile postao pretesan. Da je otišao dođavola. Da je razbijen u paramparčad. Da se više ne sukobljavaju samo vlasti i opozicija, „provodnici" i „otpornici", zaštitnici životne sredine i zagađivači. Da je društvena raselina mnogo dublja i prostranija od onog tektonskog Rift Velija u Africi. Da je, u bespoštednom ratu uoči kraja sveta, ljudima pripala uloga statista. Da im ništa ne vredi sve strašnije oružje. Ni atomska bomba. Da će o njihovoj sudbini, samom opstanku, najzad odlučivati sićušni virusi koji svi zajedno mogu da se smeste u flašicu koka-kole. Virusi koji se takođe dele na fundamentalistički isključive i one razumnije koji su protiv toga da se iskoreni celo čovečanstvo jer bi time i sebe osudili na propast, nemajući više ni gde da se nastane ni čime da se hrane.

Obično pronicljiv i oprezan kada je reč o samoj vlasti, Amon je ovoga puta propustio da primeti da se u Balkaniji i sâm karakter otpora promenio. Nije, drugim rečima, poklonio dovoljno pažnje dotad retkoj pojavi o kojoj su ga redovno izveštavali plaćeni ili samo „dobrovoljni" doušnici. O tome da u prvim redovima nezadovoljnika nisu više samo oni koje je svrstavao u „knjiške moljce". Koji, kako je s prezirom govorio, mogu da naude jedino papiru, ali ne i njegovoj, kao rimski akvadukti dugovečnoj i čvrstoj vlasti.

Počinio je tako neoprostivu omašku. Nije zapazio da je među buntovnicima sve više seljaka, koji umesto papira razgrću zemlju. Ratara, koji su srasli s njom. Koji s tugom i ogorčenjem slušaju kako ona cvili jer je truju i zagađuju. Koji – zajedno sa zemljom – škrguću zubima što se skrnave u narodu najveće svetinje: tlo kojim gaze, voda koju piju i kojom zalivaju bašte, vazduh koji udišu.

Prevideo je još nešto: da se prognani bogovi vraćaju u svoja prirodna staništa. Ne da uživaju već da ih zaštite. Proglašavajući obnovu drevnih verovanja sujeverjem, Amon je takođe pogrešio. Smetnuo je sa uma da odvajkada narod više veruje starovremskim bogovima nego ovozemaljskim, po pravilu lažljivim i potkupljivim, prorocima.

Da se više udubljivao u istoriju buna ne samo u Balkaniji već i svuda u svetu, uočio bi da su za vlasti najopasnije seljačke bune. Upravo one koje predvode ljudi iz naroda. Od Spartaka do Stenjke Razina i Matije Gupca. Da su pobunjenici listom verovali da su uz njih bogovi. Ne zbog vere u njih ili, kako bi to Amon rekao – sujeverja, već zbog uverenosti da bogovi moraju biti na strani pravde.

Mamut je bio među retkima koga Amonove zablude nisu začudile.

Ne samo zbog nadmenosti Sveznajućeg. Takođe, i to mnogo više, zato što Vrhovni nikada nije srastao sa zemljom. Što nije znao da su starosedeoci Novog Zelanda Maori opstali tako što su postojbinu izjednačili sa samim sobom. S prirodom. Sa zemljom kojom gaze. S vodom koju piju i vazduhom koji udišu.

Ne samo u prenosnom smislu već i u zakonskim aktima. Park prirode *Te Urevera*, planina *Taranaki* i reka *Vanganui* na Novom Zelandu imaju status pravnog lica te, prema tome, jednaka prava kao i ljudi. To, opet, znači da u njihovom okruženju ništa ne sme da se menja bez dopuštenja i saglasnosti zaštitnika prirode. Da se takva obaveza poštuje staraju se za to osnovane ustanove i same vlasti.

U potpunom saglasju s praiskonskim verovanjem da je čovek jednak sa svojom prirodnom sredinom. Da nema ništa veća prava od nje. Maori su poistovećenje čoveka i prirode zgusnuli u jednostavan iskaz: „Ja sam Reka – Reka je Ja."

U Bangladešu, u Tajlandu, u Indiji, među Aboridžinima u Australiji, među mnogim drugim narodima u celom svetu reke, jezera, more uživaju isto svetiteljsko poštovanje. Kao izvor postanja i jemstvo života. Neke evropske države (biće ih sve više) zaštitu životne sredine su i zakonski ozvaničile.

Vrhovni sud Slovačke je tako presudio da „javni interes – u šta je izričito svrstana zaštita prirode – ima prednost nad poslovnim interesom, zajažavanjem planinskih reka radi izgradnje malih hidroelektrana", na primer. Slovenija je takođe – u vidu ustavnog amandmana – usvojila zakon kojim se „pravo na pitku vodu proglašava za osnovno pravo čoveka".

Razmišljajući o svemu tome, Mamut je zaključio da zagađivači prirode to ne čine samo zbog urođene ili stečene samovolje. Da je nebriga za životnu sredinu takođe posledica sužene svesti. Da im je um, kao i planinske rečice, isto tako zajažen i sateran u tesne kanale isključive usredsređenosti na samo jedno. Na vlast i koristoljublje kao jedinu potrebu. Kao strast koja im, kao ponekad i ljubavni zanos, zaklanja pogled na bilo šta drugo.

Što je više o tome mislio, Mamut je bio sigurniji da se pomama za vlašću u potpunosti može podvesti pod pojam zavisnosti. U istoj, ako ne i većoj meri kao što je zavisnost od droge, alkohola i kocke.

Kao i bilo koji drugi porok, i vlast nagriza korisnike. Sužava im vidokrug, sputava rasuđivanje, usađuje nesigurnost i strah kad god pomisle da im je ugrožen tron. Potreba da budu ono što nisu nameće im da zaborave na sve ono što su nekada bili. Da se, po uputstvima ne samo modnih kreatora već i savetnika koji oblikuju javno mnjenje, uglave u kalup posebno za njih sačinjen. Da se, kako bi ugodili javnoj potrebi, odreknu svoje ranije ličnosti i jezika.

Kod Amona je to najviše padalo u oči izborom stranih reči kojima je u potpunosti istisnuo one običnom čoveku razumljivije. Čak i na seoskim zborovima razmetao se investicijama, subvencijama i procentima kao da nikada nije čuo za domaće pojmove istog značenja. Za ulaganje, za novčane podsticaje, za udeo u nečemu. Za sve reči koje su ljudima lepše i razgovetnije.

Mamut je, bez zluradosti, pomislio kako upotrebom stranih izraza Amon i sebi nanosi štetu. Veliku štetu čak, jer je narod kome se obraćao mogao lako da ga zamisli kao otelovljenje investicija, subvencija i procenata, ali ne više i kao čoveka.

14.

KLIJANJE SEMENA

Veverica i Mamut su se povremeno viđali u birtiji kraj reke gde su, uz novostečene pristalice *Udruženja ljubitelja patine*, raspravljali o budućim koracima ili samo neobavezno čavrljali. Skupovi te vrste nisu se, naravno, mogli porediti sa savetovanjima koje je Amon priređivao s namerom da predupredi nemile događaje, ali su – i takvi – bili pod budnim nadzorom vlasti.

To svakako ne znači da se nije raspravljalo o tekućim zbivanjima, ali na pitomiji, blagorodniji način. Bez namere da se ikom naudi, takoreći u samoodbrani. Pošto su progoni već uzeli maha, govorilo se, naravno, i o tome kako da se zaštite. Kako, takođe, da sačuvaju nezagađene polja, šume i reke radi kojih se i okupljaju.

Sadržaj rasprave „Savetovanja s predumišljajem" i manje-više nasumičnih skupova *Udruženja ljubitelja patine* otkrio je da je mašta mnogo plodonosnija u smišljanju zla nego u odbrani dobrog. Dok su skutonoše Vrhovnog bljuvale vatru kao tek probuđeni vulkan, kod zaštitnika prirode se, u vidu slabašnog plamička, otpor tek razgorevao.

Najviše se zbog toga uzrujavao Mamut potežući u očajanju za pićem koje je već poslovično opisivao kao neku vrstu „društvenog anestetika". Kao pouzdan lek za ublažavanje bola. Možda još više za potiskivanje nedoumica za koje nije imao odgovora.

Više od svega ga je mučio izostanak otpora kod mladih, za koje je, s pravom, mislio da su svuda u svetu najvatreniji pokretači pobune. Nije, isto tako, imao nikakvog razumevanja za trpeljivost građana prema nedaćama koje ih svakodnevno pritiskaju. Za oskudicu pijaće vode, na primer.

– Kako mogu da trpe a da se ne pobune? Kako mogu da žive bez pijaće vode? Zašto, makar kao ptice, ne udaraju u okna prozora? – čudio se.

Sve u svemu, više se zgražavao nad malodušnošću podanika nego nad nasiljem i progonom vlasti. Nije se, otuda, nimalo ustezao da na sav glas pita:

– Kakav je to narod, pobogu?

Nije, najzad, bio političar da se dodvorava masi. Govorio je ono što misli.

Veverica mu je – više saosećajući s njim nego sa svojim vršnjacima – davala za pravo. Ne sasvim doduše. Iako je imala puno razumevanje za Mamutovo ogorčenje, pozivala je prisutne da ne osuđuju mlade pre nego što se upoznaju s društvenim razlozima njihove ravnodušnosti.

– Stvar je u tome što su potrošili sav zanos koji su imali. Što se osećaju izneverenim i napuštenim. Što više nikome ne veruju. Što su, najzad, nezavisno od starosnog doba, umorni i istrošeni. Prisutna je, naravno, i površnost, koja im se svakodnevno svesno isporučuje naplavinama vulgarne beznačajnosti. Duhovnim potkupljivanjem koje za cilj ima da potisne ljubopitljivost i ugasi buntovnički žar. Da ih, onemoćale i omlitavele, gurne u zapećak i odvrati od pobune.

Imala je i reči utehe:

– Ma koliko obeshrabrujuća, ova dijagnoza ne važi za sve mlade. Da je tako, svedoči njihovo sve veće prisustvo na našim skupovima. Što se mene tiče, mislim da je seme otpora počelo da klija. Da će uskoro dati prve plodove.

Obraćanje Veverice – naročito završni deo – dočekan je glasnim odobravanjem. Sudeći po tome s kakvom je vatrenošću prihvatio njene reči najveći utisak su ostavile na Dugokosog.

Kao u revolucionarnim filmovima Ajzenštajna i Pudovkina, skočio je, sav zajapuren, na sto:

– Počeću s Jungom: „Svet je suočen sa zlom, ogoljenom nepravdom, tiranijom, lažima, prisilnim iznuđivanjem uverenja. Ne može se živeti sa zlom bez užasnih posledica. Dodir sa zlom nosi u sebi smrtnu opasnost da mu se podlegne. Ne smemo, stoga, da podležemo bilo čemu. Čak ni dobru."

Dok su se prisutni zbunjeno pitali kakve veze ima Jung sa zaštitnicima prirode, Dugokosi je iznenada, menjajući ton, povikao iz sveg glasa:

– Šta čekamo? Da li da i dalje samo sležemo ramenima, ili da se pobunimo? Da li smo obnevideli? Zar ne vidimo da nam vreme ističe?

Pa, sa stanovišta žbirova koji su, kao i uvek, načuljili uši, nije to bio nikakav govor već poziv na pobunu. Ne može se reći da su pogrešno procenili. Student filozofije se s najvećom predanošću posvetio raspirivanju žara.

Polaskan prijemom dosipao je sve više ulja na vatru. Navodio je, takoreći bez predaha, reči znamenitih ličnosti čija je dela na studijama prilježno izučavao. Najpre Dostojevskog: „Ne pomiriti se već uništiti to odvratno čudovište koje gospodari životom i ravnodušno i bezosećajno guta sve što može."

Zatim Kjerkegora: „Tamo gde ljudi prestaju da se bore, tamo gde se čini da se borba ne može uspešno privesti kraju, tamo počinje istinska i prava, velika i poslednja borba."

Reči dugokosog studenta pozdravljene su zaglušnim pljeskom. Toliko snažnim da su se uhode pobojale da će ih odati prislušni aparati koji su pod velikim naponom počeli da cvile. Ponesen mladalačkim zanosom, ni Mamut nije odoleo opštem oduševljenju. Možda je i zbog toga dopustio sebi veću ogorčenost nego obično. Zaključivši da će cela Balkanija biti pretvorena u veliko smetlište (izbegavao je da gomilanje đubreta smesti u deponiju), upitao je u ime čega vlasti to rade.

– Iako tvrde da to čine radi unapređenja ekonomije, i slepcu je jasno da ih jedino profit zanima. E pa, ako je tako, dužan sam da im poručim da je to zločin koji ne zastareva. Koji se ne prašta. Nimalo neočekivano ako se zna da sâm opstanak čoveka zavisi od toga kakav vazduh udiše i kakvu vodu pije.

– Pa kakvi bi vazduh i voda mogli biti – u govor Mamuta umešao se Dugokosi – ako polovina stanovništva Balkanije živi kraj „smrdljivih planina izmeta".

Primetivši da je to što je izgovorio primljeno s prekorom požurio je da objasni da to nisu njegove reči. Da ih je, bez ulepšavanja, preuzeo iz dela *Planet of Slums* Majka Dejvisa, u kome se govori o gradovima „trećeg sveta", poput Dake ili Lagosa, gde su mnoga naselja u blizini smetlišta.

– Nemojte se, otuda, zgražavati zbog načina na koji Dejvis opisuje naseobine zemalja u razvoju, u koje se, iako u Evropi, može uvrstiti i Balkanija. Ako ni po čemu drugom, a ono po smradu sa otvorenih deponija.

Polovina kafanskih gostiju se nasmejala. Polovina je zaplakala. I za smeh i za suze postojali su razlozi. Pošto su nekako preživeli udare „emocionalnog cunamija", učesnici su raspravu vratili u umerenije tokove. Takoreći u *mainstream* svetske politike, gde je očuvanje životne sredine postalo nezaobilazna tema.

Mamut je uvodnu reč započeo izveštajem o šteti koja se uvođenjem „prljavih tehnologija" nanosi zemlji, vodi, šumama. Takođe i zdravlju ljudi koji žive u zagađenoj i zatrovanoj prirodi.

– Najugledniji svetski naučnici ponudili su za to mnoštvo dokaza. Nije reč o nasumičnoj, površnoj proceni već o dosada najobimnijoj studiji o klimatskim promenama, za koju je pristiglo četrnaest hiljada naučnih radova. Da i ne govorimo o istraživanju Svetskog fonda za prirodu, koji se već osam decenija bori za zdravu životnu sredinu i zaštitu ugroženih biljnih i životinjskih vrsta. I same ljudske vrste, najzad.

Mamut se, očito uzbuđen, dugo iskašljavao da bi, popivši čašu vode, zamolio za izvinjenje.

– Nemojte mi zameriti što sam uzrujan, jer kad god čitam ovu studiju – i doslovno mi pozli.

Skup se utišao. I to što je dotad rekao bilo je dovoljno da privuče pažnju.

– Ovo će – još jednom je zamolio za oproštaj što će im, kao na nekom seminaru, oduzeti mnogo vremena.

Nije morao da se pravda. Iz zagušljive sale već su dopirali povici ohrabrenja:

– Zašto smo se dođavola okupili već da čujemo.

Umiren podrškom, Mamut je smatrao potrebnim da još jednom naglasi da u izveštajima o kojima govori nema njegovog udela. To svakako nije bila puna istina, jer sa iskustvom još iz pleistocena, i on je o životnoj sredini morao ponešto da zna. Da i ne govorimo o znanju koje je stekao kao član Korbizijeovog tima arhitekata i urbanista.

Nisu mu zamerili što je, iz skromnosti, to prećutao. Kako je i sâm, u šali, govorio:

– Niko nije savršen.

– Počeću onim što svi vidimo. Što nam je, kako se to kaže, pred očima. Umesto da čuvamo postojeće parkove (od kojih je većina nastala u prošlom veku) i podižemo nove, zatiremo zelenilo, sečemo drveće, užljebljujemo reke, tamničimo u teskobne metalne cevi bistre planinske potoke, zatiremo ne samo vodotokove već i životinjski i biljni svet.

– Zbog čega je važno da se to zna? – Mamut je za trenutak zastao upućujući upitan pogled slušaocima. – Zato što bez zelenila nastaju „toplotna ostrva", naročito u gradovima u kojima je zbog popločanih i asfaltiranih zelenih površina, bolje reći zbog viška betona, temperatura u neprestanom porastu. Na pogoršanje klimatskih prilika utiče i rušenje niskih kuća u uskim ulicama i gradnja višespratnica što pogoduje nastanku „urbanih kanjona", zbog nedovoljnog strujanja vazduha.

Za razliku, najzad, od ustaljenih i sve više obavezujućih pravila u svetu, kojima se ne dopušta ili izmešta gradnja u blizini vode, u Balkaniji poslovno-stambene izrasline samo što u nju ne uranjaju.

Čuli su se već prvi zvižduci na račun vlasti. Nimalo neočekivano najzad. To što je među prisutnima bilo najviše akademskih građana nikako ne znači da su s ravnodušnošću pratili izveštaj o skrnavljenju prirode.

– Nema potrebe da objašnjavam zbog čega je to štetno, bolje reći pogubno. – Neimar s nadimkom Mamut još jednom je upitno pogledao prisutne.

Lepuškasta devojka sa zelenom kosom, nalik na sirenu iz dečjih slikovnica – podigla je dva prsta:

– Mislim da bi bilo korisno da čujemo zbog čega. Ne tražim to zbog sebe već zbog drugih.

– Da li mlada gospođica hoće da kaže da nju lično to ne zanima? – upitao je Mamut.

– Naprotiv, veoma me zanima. Za to što sebe izuzimam iz raspitivanja postoje ozbiljni razlozi. Naime, sve o tome znam.

– Gospođica je hidrolog?

– Ne – Sirena je odrečno klimala glavom.

– Otkuda, onda, raspolaže tako sveobuhvatnim znanjem o vodama.

– Pa, živim u vodi.

Svi prisutni, uključujući Mamuta, odgovor su razumeli kao šalu. Možda, takođe, kao posredno obaveštenje da se zelenokosa devojka bavi plivanjem ili pak da je iz nekog primorskog mesta u kome uživa u blagodetima mora.

Izjavu da živi u vodi niko nije doslovno shvatio.

Pa, pogrešili su. Gde, uostalom, sirene drugde žive.

Bilo kako bilo, Mamut je udovoljio zahtevu Zelenokose.

– Vlažna staništa kraj reka su ekosistemi koji kao najdelotvorniji sakupljač i skladišnik ugljenika na zemlji bitno utiču na klimatske promene. Prirodna plavna područja poseduju izvore, prečišćavaju vodu, zadržavaju je kada je u porastu i ravnomerno ispuštaju u doba suše.

Iako je Mamutovo predavanje sve više poprimalo naučni karakter, učesnici nezvanične skupštine *Udruženja ljubitelja patine* pratili su ga s nesmanjenim interesovanjem. Nije morao da objašnjava da zanemarivanje vlažnih staništa dovodi do poplava koje će, s klimatskim promenama, biti sve učestalije.

Iako je izgovoreno već bilo dovoljno, to ni izdaleka nije bilo sve.

– Krčenje šuma sečom ili spaljivanjem takođe je za brigu. Ma kakvi bili razlozi za to: upotreba drveta za ogrev i građu ili korišćenje prostora za drugu svrhu, najčešće za preimenovanje zemljišta od šumskog u građevinsko – bezumlje je od koga ćemo se teško oporaviti.

Predavač je objasnio i zašto:

– Šume svake godine apsorbuju više od dve i po milijardi tona ugljen-dioksida, što je trećina ukupne mase nastale sagorevanjem fosilnih goriva (uzgred da pomenem da petnaest odsto tih gasova nastaje zbog manjka zelenila). Pustošenjem šuma smanjuje se i biološka raznovrsnost, remeti se ciklus kruženja vode koja više ne isparava u krošnjama drveća, pa klima postaje suvlja. Zemljište je, uz to, podložnije eroziji jer je korenje manje sraslo s tlom.

Šume su, najzad, odvajkada utočište za leptire, guštere, ptice, veverice, srne, zečeve, lisice, vukove i medvede, za sav biljni i životinjski svet. Možete li da ih zamislite ispražnjene od izvora života takođe i za ljude.

Stariji učesnik skupa podigao je dva prsta:

– Svim tim vrstama koje ste pomenuli, uključujući i ljude, pridodao bih i bogove šumâ i vodâ, kojima je takođe potrebna zaštita.

Mamut je pažljivo pogledao u postariju osobu, koja dotad nije ni reč progovorila. Izdvajao se od drugih učesnika skupa zelenim brkovima i isto tako zelenom bradom, ali ne samo po tome. Mamutu je – bog neka mu oprosti – najviše ličio na utopljenika koji je tek ispuzao iz neke bare. Na iznemoglu utvaru, doduše gospodstvenog izgleda, sa koje se još cedila voda.

– Nije valjda... – odbacio je pomisao i pre nego što ju je doveo do kraja.

Nije, ipak, odoleo iskušenju da baci pogled na sedište s kojeg je govornik i doslovno „ispario“. Bilo je vlažno. Natopljeno vodom kao da je na njemu sedeo neko ko je upravo prispeo iz neke stajaće vodurine. Bio je siguran da je Zelenobradog već ranije video. Ako ga pamćenje ne vara, u prvim redovima na Osnivačkoj skupštini *Udruženja.*

Zagrcnut od uzbuđenja predložio je kratku pauzu da se, kako je rekao, malo okrepe.

Analgetik u vidu rakije od šljive mu je, kao i uvek, pomogao da sredi misli. Da se priseti kako se gost koji je iščezao kao duh, šumski ili barski svejedno, izdvajao ne samo zelenim brkovima i bradom već i glasom. Ne bilo kakvim. Glasom, naprotiv, uvređenog čoveka.

Ili, verovatnije, napuštenog i izneverenog boga. Pre će biti boga jer ni veoma ojađen čovek ne može da dosegne uvređenost koja priliči jedino bogovima.

„Kako su samo mogli to da mi prirede?“, pokušao je da zamisli kako se oseća Zaštitnik i Čuvar šumâ i vodâ. „Sva ta nezahvalna ljudska vrsta koju smo štitili. O kojoj smo se nesebično starali. Onoga trenutka kada smo prognani iz šumâ i vodâ zaboravili su na nas. Kao da ne postojimo. Kao da nikada nismo ni postojali.“

Veverica je obazrivo opomenula Mamuta da pauza predugo traje. Da je vreme da se vrate raspravi. „Devojka je, dođavola, u pravu. Nisam na spiritističkoj seansi da se bavim duhovima.“ Nije se, ipak, odmakao od priviđenja jer je o gradskom drveću govorio kao o „deci ulice“ ili, isto tako patetično, kao o „usamljenim siročićima“.

Istini za volju, takav opis je pozajmio iz dela *Tajni život drveća* Petera Volebena, koji je, s mnogo saosećanja, opisao tužnu sudbinu u gradu zasađenih zelenih izdanaka: „Kada ih donesu iz rasadnika i posade u zemlju, ma koliko ih prilježno negovali i zalivali, izdanci ne mogu da se šire jer je zemlja ispod pločnika još tvrđa zato što se, zbog gustog saobraćaja, sabija 'vibracionim pločama'. Nijedna vrsta, otuda, ne uspeva da poraste više od metar i po, a često i manje. U šumi nije tako jer je drvo nesputano. Može da se širi i raste koliko hoće. Ali ne i na ulici.“

Pa i manje ganutljivi slušaoci su pozajmljenu priču Mamuta doživeli kao basnu. Tužnu, doduše, jer se u njoj o drveću govori kao o „deci ulice“ i „usamljenim siročićima“.

Poučnu takođe jer se u šumi, u slobodi – brže raste.

Ni tu nije bio kraj.

– Balkanija za rad termoelektrana koristi ugalj i lignit, za koje je u Evropi već utvrđen krajnji rok upotrebe. Jedina, takođe, ima otvorene deponije, što je, naravno, neodgovarajuće otmen naziv za skladišta đubreta. Kao što je među malim brojem zemalja u kojima nezdrave izlučevine u pijaćoj vodi pokreću epidemije. U kojoj industrijsko prerađivanje iskopanih ruda trajno zagađuje zemlju i vodu ne samo u blizini kopova već i u širem području.

– Zbog čega vlasti to dopuštaju? – upitao je Dugokosi, koji se, da bi bolje pratio raspravu, premestio u prvi red.

– Ah, vlasti – uzdahnuo je Mamut. – Kako možete to od njih očekivati kad su one samo poverenici tuđih interesa, što će reći da rade za račun rudarskih kompanija i njihovih matičnih država.

– Na osnovu čega to tvrdite? – začuo se glas iz dubine sale.

– Na osnovu toga što je stranim rudarskim kompanijama dozvoljeno da u Balkaniji otvaraju kopove „đavolje rude“. Da čine upravo ono što im je u matičnim zemljama zabranjeno, iako te rude tamo ima mnogo više. Da im to omoguće, vlasti Balkanije su usvojile zakone kojima se obradivo zemljište preimenuje u građevinsko, a interesi rudarskih kompanija proglašavaju javnim interesom. Dopuštaju im, drugim rečima, da otimaju zemlju do mile volje. Da, u potrazi za retkim mineralima, otvaraju rudnike po čijem zatvaranju ostavljaju iza sebe zanavek zagađeno tlo. Sve to, naravno, uz visoke subvencije kompanijama i bedne naknade zaposlenima. Nije čudo, otuda, što su, u jagmi za visokom zaradom, belosvetske halapljive hijene pohrle u Balkaniju.

– Zbog čega im to vlasti dopuštaju? – isti glas je istrajavao na odgovoru.

Mamut se ni trenutak nije dvoumio:

– Jedino razumno objašnjenje je da imaju lični interes.

Ma koliko očekivan, odgovor je pobudio glasno negodovanje. Od povika protiv vlasti membrane policijskih prislušnih aparata dospele su na ivicu raspada.

Ni Mamutov govor nije više ličio na seminarski izveštaj. Pre na poziv na otpor, koji je u opštoj graji izražavan reskim zvižducima, toptanjem nogama i buntovnim gnevnim povicima.

– Ne možemo dopustiti uništavanje prirode radi profita gramzivih korporacija. Radi napojnica koje daju uslužnim domaćim skutonošama.

Ova rečenica je u izveštajima žbirova posebno izdvojena kao nedvosmislen poziv na pobunu. U opštoj halabuci, pismo koje je Mamut dobio od svog prijatelja, tajlandskog reditelja Apitačponga Virasetakula, doživljeno je kao „podrška izdaleka“.

„Ne razdvajam prirodu od čoveka. Srastao sam s njom. S biljkama, drvećem i tlom. Istraživanje sveta, njegove suštine i suštine ljudskog postojanja, ne može se razumeti bez razumevanja prirode. Bez pamćenja i sećanja na neraskidive veze čoveka i životne sredine. Verujem, otuda, u seljenje duša između ljudi, biljaka, životinja i duhova. Devedeset odsto Tajlanđana veruje u to. Da se život posle smrti obnavlja u drugom vidu. Takođe da postoje duhovi. Sve je to u našoj krvi. Još nismo prodrli u unutrašnjost ljudskog uma. Kakve su to misteriozne sile koje ga pokreću? Koja sve čudesa čekaju da budu potvrđene kao naučne činjenice?"

Nisu svi prisutni razumeli poruku iz daleke azijske zemlje, najviše zbog toga što je odudarala od uobičajenih govora. Ni oni koji su je razumeli nisu u svemu bili saglasni sa uverenjima tajlandskog reditelja o seljenju duša i obnavljanju života u drugom vidu i posle smrti. Ako se zanemare te razlike, u potpunosti su prihvatili njegov sud o tome da ljudi i priroda čine neraskidivu celinu. Da se bez svesti o međusobnoj povezanosti ne mogu razumeti ni zajednički koreni ni zajednička sudbina. Da je, otuda, kidanje veza s prirodom pogubno za sâm ljudski opstanak.

Pa, kako će se pokazati, i za sudbinu i opstanak vlasti.

Pismo tajlandskog reditelja privuklo je pažnju i zbog ukazivanja na neistražene oblasti čovečjeg uma. Na čudesa koja nas tamo očekuju. Koja, kako on kaže, još čekaju da budu potvrđena kao naučne činjenice. Sve u svemu, u poruci reditelja bilo je dovoljno građe za veličanstveni hram mašte u kome su učesnici nezvanične skupštine *Udruženja ljubitelja patine* makar privremeno mogli da se odmaknu od trovača i zagađivača. Da na miru razmisle o samom smislu čovekovog postojanja.

Pismo turskog reditelja Semiha Kaplanoglua poslužilo je istoj svrsi. I on je, kao i njegov istomišljenik iz Tajlanda, poručio da ga najviše zanima povezanost prirode i ljudskih bića. Da je uznemiren zbog poremećaja te iskonske veze:

„Kad god posečemo drvo raskidamo sâmo životno tkanje sazdavano milenijumima u najdubljim oknima sećanja i svesti. Pa što se, tada, čudimo što nam se priroda sveti požarima, poplavama i klizištima, zagađenom hranom i vodom i zatrovanim vazduhom. Sve dok umesto svakog posečenog stabla ne zasadimo novo, nećemo imati blagoslov prirode."

Turski reditelj se potrudio da odgovori na još jedno pitanje koje je, iako neizgovoreno, lebdelo nad glavama prisutnih: može li čovek da bude dobar u društvu obolelom od pohlepe i nasilja? Semih je mišljenja da je – zbog odsustva vere – to malo verovatno:

„Vera je danas svedena na običaje. Na obrede bez iskrene posvećenosti. Ako više ne postoje savest i svest, ako ljudi ne preispituju sami sebe, ništa im neće pomoći. Ni vera. Čak i da se sačuva plodna zemlja, svet se neće promeniti nabolje ako je naseljavaju jalove duše."

Semih je za svoje stanovište ponudio upečatljivu sliku. Bolje reći završni prizor iz svog filma u kojem je u prostranom predelu natopljenom obiljem i lepotom čovek jedva primetan. Na prisutne je ova slika ostavila veći utisak od enigmatično mitskih uverenja Tajlanđanina. Možda i zbog toga što su se u razbuđenoj, raspomamljenoj prirodi osećali kao modeli za skulpture Đakometija. Sićušni i krhki.

Mamut je zahvaljujući pismima svojih prijatelja otkrio šta je slabost Amona. Nije srastao s prirodom. Ne održava se na površini ni plitkim korenjem. Samo veštačkim od plastike sačinjenim podupiračima koje, kao i svaku kulu od karata, može da oduva i slabašan vetar. Da i ne govorimo o oluji, o huku koji nastaje iz hiljada grla obespravljenih i potlačenih ljudi. Iz urlika šumskih zveri. Iz vapaja uvređenih bogova.

Iako je, poput indijanskih tragača za plenom, Mamut prislanjao uvo uz zamrljan daščani pod kafane, nikakav huk se još nije čuo.

– Ništa zato – dok mu je Veverica pomagala da se pridigne odmahivao je rukom. Nadolazeći orkan, koji je samo naslućivao, u grudima mu je već uveliko grmeo.

– Šta mu je? – čudili su se neupućeni.

– Da li mu je dobro? – zabrinuto su pitali.

– Nikada bolje – umirivala ih je Veverica. – Samo je tražio muštiklu koja mu je ispala na pod.

Da je samo znala koliko je blizu istine.

Mamut se zaista nikada bolje nije osećao, ne zbog toga što je pronašao nepostojeću muštiklu već zbog nadolazeće buntovne oluje u koju se utapao kao u uzburkano nepregledno more.

* * *

Amon je hitno sazvao Savet nacionalne bezbednosti da usvoji mere koje je pretežno lično smislio. Medijima, naročito televiziji, strogo je naloženo da iz programa uklone sve slike nezagađene životne sredine. Putopisne emisije, naročito iz predela nedirnute prirode. Priloge o lovu i ribolovu. Nikakvi vodopadi i prašume. Ništa zeleno. Ni obične šume. Ni životinje u čestaru. Ni ptice u krošnjama drveća.

Doktor Singer se usudio da zatraži milost za vrapce. Voli, kaže, da sluša njihov cvrkut.

Amon je – čuvši predlog Savetnika – i doslovno pobesneo.

– Utuvite dobro u glavu – raspomamljeno je vikao – da neću da znam ni za kakvo ptičje pojanje. Ni za najtiši cvrkut. Imate, uostalom, stotinu pištaljki kojima se verno podražava kreštanje ptičurina.

Doktor Singer se još jednom odvažio da primeti da „u svakoj šali ima i pomalo šale".

– Ako se zalažem da se vrapci poštede, ne činim to samo zbog zaljubljenosti u njihov cvrkut već takođe i zato što imam u vidu kinesko iskustvo.

– Kakvo? – zainteresovao se Amon.

– U ne tako davnoj prošlosti, vlasti u Pekingu su zapazile da mnogo zrnaste hrane u klasju pšenice i kukuruza pozobaju vrapci. Zaključili su, otuda, da bi bilo od koristi da se vrapci potamane, kako bi se sačuvali prinosi.

Odluka najvišeg partijskog tela je, naravno, bespogovorno prihvaćena. Milioni podanika su danonoćno lupali u šerpe i lonce proterujući vrapce iz njihovih prirodnih staništa. Pošto je buka, bez prekida, trajala danima i nedeljama, vrapci su na kraju popadali mrtvi od iznemoglosti.

– Baš tužna priča. Samo što se nisam rasplakao – primetio je podrugljivo Amon.

– Možda ćete to učiniti kad čujete kraj.

– Pa da čujemo – bilo je sve što je rekao.

– Evo ovako. Kada su svi vrapci potamanjeni, namnožilo se tušta i tma insekata koji su u silosima i skladištima proždrali više hrane nego što bi to bili u stanju svi vrapci sveta.

Iako je priča bila više poučna nego tužna, Vrhovni nije odustao od naloga da se sa ekrana trajno ukloni sve što govori o prirodi, ili makar podseća na to da ona još postoji.

– Baš me briga i za Kineze, i za vrapce, i za kukuruz, i za žito. To o čemu je govorio moj uvaženi Savetnik možda je od značaja za agronomiju, ali ne i za očuvanje vlasti. Ako nam je to drugo jedino važno – poručio je s brutalnom otvorenošću – zbog čega bismo održavali humus u kome niču prevratničke ideje?

Članovi Saveta nacionalne bezbednosti razumeli su poruku, bolje reći nalog. Ni na stupcima štampe ni na ekranima televizije ne sme biti ništa što veliča vode i šume. Na kraju krajeva, bilo je toliko veštačkog čime su mogli da se pohvale. Kulama od betona koje su više i od najvišeg drveća. I od australijske topole i od mamutske sekvoje. U odnosu na najviše građevine u Balkaniji i džinovsko drveće je samo patuljaste veličine.

Ne može se reći da je Šakale i Tvorove upućivao u pojedinosti. On je samo natuknuo da je za očuvanje vlasti sve dopušteno. Da se odsad mera odanosti neće utvrđivati po mericama bistre vode već prema vedrima kaljuge koju uznose s blatnjavog dna.

Pa, potrudili su se. Nije da se nisu potrudili. Nevolja je bila jedino u tome što više nisu oblikovali glinene lutke već žive ljude. Uistinu samo donekle žive jer su ih poslušni klonovi toliko oblepili blatom da nisu mogli da dišu ni kroz pore na koži. Tako naružene prepuštao ih je čoporu progonitelja: poreznicima, opštinarima, komunalnim i drugim inspektorima, policiji, ucenjivačima i nasilnicima i, najzad, svim mogućim pasminama ostrvljenih kriminalaca.

Sve državne i partijske službe nadmetale su se u „čišćenju korova“. Nisu, najzad, omanuli u nagađanju šta je za Amona jedino važno. Svakako ne setva, ni žetva, ni školstvo, ni kultura. Ni zdravlje naroda. Ništa od svega toga nije bilo vredno truda. Samo vlast. Za nju se jedino sve moralo žrtvovati.

15.

NE SASVIM HRIŠĆANSKI ODGOVOR

U krčmi kraj reke, koja je, u odsustvu drugih prostorija, služila kao štab *Udruženja ljubitelja patine,* okupljale su se, najčešće nezvanično, vođe pokreta. Iako su ih drugi tako doživljavali, oni sami su se klonili opisa koji bi ih izdvajao od drugih članova *Udruženja*. Mučili su se, otuda, kako da sami sebe nazovu. Rukovodstvo im zbog već pomenute statusne razlike nije odgovaralo. Predsedništvo takođe, iz drugog razloga. Previše ih je podsećalo na uštogljene građanske stranke ili, još gore, na hijerarhijsko ustrojstvo nedemokratskih partija.

– Samo nam još firer fali – šalio se Mamut.

Bilo kako bilo, i u odsustvu zvaničnog naziva činili su neku vrstu jezgra *Udruženja*. Veverici i Mamutu su se kao osnivačima pridružili Dugokosi, koji je, na Skupštini imao zapaženu ulogu, i još nekoliko devojaka, koje su po odeći i zeleno obojenoj kosi stavljale do znanja da ne trpe konvencije. Da se u središtu otpora kao životnoj sredini bolje osećaju.

Iako su se – kako je već rečeno – obično nalazili nasumično bez utvrđenog dnevnog reda i čak bez prethodnog dogovora, ovoga puta je za okupljanje postojao ozbiljan povod.

– Verujem – izjavio je Mamut bez nepotrebnog uvoda – da ste i sami primetili da su članovi našeg *Udruženja* izloženi progonu. Da im prete gubitkom posla, isključenjem s fakulteta, oduzimanjem licenci i dozvola, nepodnošljivo visokim porezima i globama za vlasnike privatnih preduzeća i svim drugim proizvoljnim kaznama koje su u nadležnosti državnih institucija.

Zastao je za trenutak da, sa uzdahom, primeti da to ni izdaleka nije sve.

– Bude ih telefonom usred noći da im saspu u lice najgore uvrede, neskriveno ih prate, što se može tumačiti jedino namerom da ih zastraše, presreću ih na ulici, unose se u lice, prevlače šakom preko grla nagoveštavajući kakva ih sudbina čeka...

Kao što se iz toga može videti, na delu je neka vrsta podele rada: zvaničan progon – jedva nategnut tobože zakonskim ovlašćenjima – poveren je državnim ustanovama. Izvođači onog prostačkog i primitivnijeg su prerušeni policajci, ili za to unajmljeni kriminalci.

– Nema potrebe da vam skrećem pažnju na to što i sami vidite. Na vapijuću nesrazmeru moći progonitelja i progonjenih. Iako, kao što i sami znate, nisam sklon patetici, ne mogu da izbegnem da progon kome smo izloženi ne izjednačim s progonom prvih hrišćana u doba Rimske imperije.

– Neće nas saterati u katakombe – prkosno se zavetovao Dugokosi uz glasno odobravanje sve buntovnijeg auditorijuma.

Zelenokose devojke, bar po spoljnim obeležjima potomci anarhističkih predaka, poskočile su od ushićenja. Po svemu sudeći nisu mislile da je nagoveštaj otpora loša ideja.

Ma koliko nadimak Mamut upućivao na drugačiji zaključak, Neimar je u dugom životnom veku skladištio u genima više graditeljske nego rušilačke ideje. Bio je protiv nasilja. Pozvao se u prilog takvom načelnom stanovištu ni manje ni više nego na prve mučenike. Na kanon ugrađen u same temelje hrišćanske vere jednostavnom porukom: „Ljubi bližnjeg svog".

Dugokosi je, vidno uzbuđen, ponovo zatražio reč.

Založio se za izmene u crkvenoj dogmi za šta su, koliko je Mamutu bilo poznato, ovlašćeni jedino najviši crkveni sabori.

Iako je zahtev Dugokosog u svetovnoj verziji mogao da se doživi i kao prizor iz skupštine u kojoj poslanik ima amandman na već pripremljen zakonski predlog, kojim traži da se taj predlog izmeni ili poboljša, Mamut je umirao od straha. Dovoljno je, najzad, dugo živeo da zna kako su se rasprave na crkvenim saborima završavale. Ne tako retko, kao na primer na onom u Nikeji, ogorčenom prepirkom i nepomirljivim raskolom. U krajnjem ishodu i verskim ratom.

Nije, ipak, bio u stanju da obuzda Dugokosog u nečuvenom svetogrđu. U pokušaju da izmeni ili samo dopuni dogmu čija je svetost potvrđena u samoj *Bibliji*. Nije, najzad, mogao da mu uskrati reč koja, za utehu, nije bila duga.

– Nemam ništa protiv da ljubim bližnje svoje – pogledao je u trenu Vevericu – ali mi nisu svi bližnji. Kako to mogu biti oni koji nas progone?

Ma koliko se za odgovor Dugokosog nije moglo reći da je sasvim hrišćanski, nije mu se mogla osporiti razložnost.

Ne mogavši u potpunosti da se ogluši u prevratničke ideje mladog buntovnika, Mamut se opredelio za kompromis.

– Ne moramo naše protivnike da volimo, ali ni da previdimo da, uza sve nepomirljive razlike, pripadamo istoj ljudskoj vrsti.

– Jesmo u istoj vrsti, ali nismo u istim redovima – primetio je Dugokosi. – U njoj su i progonitelji i oni koje progone. Ako već pripadamo ovim drugim, ne vidim zbog čega nemamo pravo da se branimo, ako je to neizbežno, takođe nasiljem.

Zelenokose se više nisu uzdržavale. Bez sramežljivosti su, pritiskom šake na usne, slale poljupce govorniku.

– Reći ću vam zašto – Mamut je reči Dugokosog dočekao kao dobrodošlu priliku da odgovori. – Zbog toga što se mi razlikujemo od njih. Ako, kao i oni, pribegnemo nasilju – bićemo isti.

– Kada, dakle, nasrću na nas motkama i pendrecima, kada nas truju suzavcem, kada nas gaze oklopnim vozilima i bagerima, gađaćemo ih šišarkama – primetio je podrugljivo Dugokosi.

Baš kao što su Zelenokose pozdravile ideju o otporu, tako ni verodostojne veverice (ne samo one s nadimkom) koje su provirivale kroz prozor mehane nisu imale ništa protiv korišćenja šišarki kao oružja. Nisu, doduše, mogle da računaju da će imati probojnu snagu kao puščana tanad, ali će, takve kakve su, naneti bar čvorugu na temenu nasilnika.

– Nećemo se braniti jedino šišarkama – izjavio je pomirljivo Mamut. – Mašta i pamćenje su, koliko i puščana tanad, isto tako ubojito i delotvorno oružje.

Pa, mašte je bilo napretek. Veverica je tako predložila da na zidovima kuća iscrtaju paralelne piramide: jednu koja stremi uvis i drugu koja se, izvrnuta naopako, strmoglavljuje šiljkom u ponor. Na prvoj bi ispisali „zemlja, vazduh, voda“, na drugoj „vlast, lopovluk, laži“. Moguće su naravno i varijacije na istu temu.

Dugokosi je izjavio da nema potrebe da se pišu duge priče.

– Dovoljno je da se u piramidu koja se propinje utisne samo jedna reč „život“, a na onoj koja se stropoštava takođe samo jedna reč: „ništavilo“. Zelenokosa je predložila da se na naopakoj piramidi – umesto „ništavila“ – napiše „vlast“. Ali ne samo to, već i da se sa svakog slova te reči sliva krv.

Ma koliko i sâm – kao arhitekta i graditelj – bio sklon likovnim rešenjima, Mamut je odbacio predlog Zelenokose kao previše naturalistički.

– Nema potrebe za izričitim iskazima čak ni kada se izražavaju samo na likovni način. Iz iskustva znam da makar malo enigmatične poruke pobuđuju veću ljubopitljivost.

Prećutao je da za odbacivanje predloga postoji još jedan razlog: ma koliko posvećen otporu, nije podnosio krajnosti. Bio je protiv takve vrste murala i zbog toga što je iz iskustva znao da neće biti kraja prekrečavanju i ponovnom bojenju. Nekoj vrsti *perpetuum mobila* večnog nadmetanja ljubitelja i protivnika zidnog slikarstva.

S druge strane, nije imao ništa protiv poređenja kao na onom zidu u predgrađu, na kome je neko krupnim slovima napisao: „Čaušesku je bio zlato.“ To što je pročitao ulepšalo mu je dan. Ne samo zbog duhovitosti poruke već i zato što je sročena u malom broju reči.

Kao uzgredna posledica nadmetanja ljubitelja patine i ljubitelja betona za prodavnice boja i lakova, tečnosti za pranje zidova, četaka i mistrija nastalo je zlatno doba. Rafovi su se brže praznili nego punili. Ni najstariji prodavci nisu pamtili tako veliku potražnju.

– Kao da su poludele, mušterije su grabile sve pred sobom. Kao da je „džabe“ – čudili su se.

Članovi *Udruženja ljubitelja patine* nisu se ograničili samo na molersko-farbarske poslove. U predavanjima na otvorenom polju ili na ulici (niko se nije usuđivao da im iznajmi salu) podučavali su narod na šta treba da liči grad u kome se pristojno i ugodno živi. Za predavanja te vrste, za koja se postarao Neimar, svrstavajući ih čas u „pamćenje“ čas u „sećanje“ (što je uistinu jedno isto), vladalo je veliko interesovanje.

Pred sve većim Auditorijumom, u kome je bilo i mladih i starijih slušalaca, podastirao je zadivljujuće slike gradova od mitskih Semiramidinih visećih vrtova do najstarijih naseobina Biblosa i Balbeka na obali Sredozemnog mora, od Persepolja i Aleksandrije (neizostavnim podsećanjem takođe na najveću biblioteku kao skladište svih znanja drevnoga sveta), do Sirakuze i Taormine (samo od gradića na Siciliji mogao je da naniže nisku ljupkih bisera), od večnih gradova kakva je *Roma Eterna* do manastira u Svetoj gori utkanih u raskošno predivo maslina i vinogorja.

Od trenutka kada je počeo sa oglašavanjem predavanja kao „pamćenja“ ili „sećanja“, primetio je da je na njima u prvom redu stariji zelenobrki gospodin čas u od dugog nošenja u pohabanom odelu, čas u seljačkoj čojanoj odeći. Kao da je i sâm živeo u svim tim gradovima upijao je, i doslovno, svaku reč. Kao da se vraća u zavičaj koga se s čežnjom i tugom seća.

Mamut je zapazio neobičnog gosta i po tome što se od drugih slušalaca izdvajao još nečim: bolnim grčom na licu kad god bi, govoreći o mitskim gradovima, Neimar podsećao da su njihovi zaštitnici bili drevni bogovi. Takođe i uvređenošću što su izgnani s tih svetih mesta. Još više zbog toga što su napušteni i zaboravljeni.

Iako mu je katkad padalo na pamet da su među njegovim slušaocima zaista stari bogovi, isto tako brzo je odbacivao takvu pomisao kao smešno, atavističko sujeverje. Grešio je, jer ni on nije mogao znati ono što su jedino ptice znale: da se za ishod borbe za očuvanje prirode zanimaju i prognani bogovi.

Vlasti su, naravno, isto tako pomno kao i bogovi i Sirene, pratili Neimarova predavanja. Ni one nisu propuštale nijednu reč loveći posebno one koje su mogli da svrstaju u „prevratničke“ i „rušilačke“. Pa bilo je takvih kao, na primer, te kojima je opisivao priučene urbaniste kao „grobare koji ukivaju betonske zakivke u mrtvački kovčeg stare i otmene Balkanije“.

Vlasti i njima skloni mediji (drugih nije ni bilo) oglasili su se tim povodom drekom kao da im deru kožu. Optužili su Neimara da zloupotrebljava estetiku u političke svrhe. Još gore, da predavanje o gradovima koristi kao poziv na rušenje vlasti.

Poznatiji po nadimku Mamut, Neimar je odgovorio da nema ništa protiv što estetiku kao „nauku o lepom" doživljavaju kao politiku jer ta reč, ako već nisu znali, označava takođe „nauku i veštinu u upravljanju državom za opšte dobro".

Za sve koji su pratili ovu raspravu bilo je očito da ljubitelje patine i ljubitelja betona u tumačenju „opšteg dobra" dele raseline mnogo dublje i nepremostivije od onih koje su u Africi oblikovale Rift Veli.

Iako je to bila tema koju nisu izbegavali ni posle razlaza gostiju s predavanja, Veverica i Mamut su vreme u kome su mogli koliko-toliko da se opuste posvetili – možda nepriličnom – ali takođe neizbežnom poveravanju.

– Da li si primetila – upitao je Mamut iznebuha – kako te je Dugokosi pogledao?

– Naravno da sam primetila – priznala je Veverica.

– Pa šta kažeš na to? – Mamut nije odustajao.

– Šta očekuješ da kažem? Da sam polaskana? Ushićena? Ili, možda, da mi je svejedno?

– Mlada si devojka. Nema ničeg neprirodnog da u tim godinama nisi ravnodušna prema maltene izričitom iskazivanju ljubavi.

– Ne bih htela da moj odgovor poistovetiš sa isključivošću mladih anarhista, još manje sa žalopojkama feministkinja zbog odsustva rodne ravnopravnosti. Ništa me od toga, veruj mi, ne potresa.

– Ne razumem sasvim šta hoćeš da kažeš.

– Ako sam, bez ostataka, posvećena borbi za očuvanje prirode i zdravog života, činim to iz uverenja da od ishoda te borbe zavisi i sâm opstanak čovečanstva. Možda će zvučati patetično ako izjavim da je posredi krupan ulog, radi koga pojedinačni, čak i uzvišeni, ciljevi mogu da pričekaju.

– Hoćeš da kažeš da je kod tebe ljubav na *waiting* listi?

– Upravo to hoću da kažem. Da za ljubav ima vremena.

Mamut se nije pretvarao kada je dao oduška iskrenoj zadivljenosti.

– Nisam u svom dugom životu još sreo devojku koja s toliko posvećenosti i žara neguje osećanje društvene odgovornosti.

Kada je to izjavio, još nije mogao da zna ono što su ptice znale. Da će lično opredeljenje odrediti sâm karakter bespoštedne borbe koja se tek maglovito naslućivala. Borbe koja neće biti svedena jedino na Balkaniju. Borbe koje neće biti pošteđen nijedan kutak na planeti. Borbe koja će imati kosmički karakter, o čemu je svedočilo prisustvo na Neimarovim predavanjima starih napuštenih i zaboravljenih bogova. Borbe u kojima će ljudi biti samo jedni od učesnika, ni izdaleka i najvažniji. Borbe u kojoj će se nadmetati sve živo – od životinja i biljaka do sićušnih larvi. Borbe vidljivog i nevidljivog, u kojoj će nevidljivi virusi, kao kliconoše pandemije, imati često prevagu.

Borbe, najzad, koja neće biti ograničena jedino na sadašnjost. Pohrliće u nju i nepregledne povorke mitoloških likova koji će se boriti za pravo na sećanje.

Mamut se već umorio od nabrajanja. Od mnoštva pojedinosti koje su imale enciklopedijski karakter. Prateći ih kako se kao pramenovi magle razilaze, bio je jedino siguran da će u svesti trajno biti ukotvljena možda i najznačajnija razlika koju su, svako u svom taboru, obznanili Amon i Veverica. Oboje su rekli da to što je za njih lično važno može da pričeka.

Ali nisu isto čekali.

Amon je odlagao vreme kada će svoje pozverene kohorte napujdati na protivnike. Čekao je pravi trenutak da ih pusti s povoca.

Veverica je takođe odlagala čas u kome će moći da se prepusti čežnji za životom i ljubavlju. Možda i s Dugokosim. Misleći o tome, Mamut je bio u još nešto siguran. U to da se ljubav poistovećuje s dobrim, a mržnja sa zlom. Ako je već tako, tada je iz pomenutih premisa neizbežno proizlazio zaključak da se ponor koji razdvaja dobro i zlo neprestano proširuje i produbljuje.

Da li će u toj raselini – dubljoj i od one tektonske – biti pokopana ljubav ili mržnja, niko nije znao. Čak ni najoštroumnije ptice poput gavrana.

16.

SELJAK KOGA JE PREGAZIO BAGER

O tome se pričalo, i ne prestaje da se priča, kao o čudu. I bilo je što potvrđuju mnogi očevici koji su svojim očima videli kako je seljak koga je pregazio bager, ili neka druga orijaška mašina (u tome se iskazi ne slažu u potpunosti), ustao kao da je preko njega prešao vazdušasti prah maslačka, a ne grdosija teška nekoliko tona.

Dogodilo se to u Malinjaku, koji je od nasrtaja metalnog guseničnog gundelja goloruk branio. Kao i drugi meštani u plodnom kraju Balkanije koji su se opirali unakažavanju bušotinama bujnih livada i cvetnih zasada. Pošto rudarske kompanije nisu odustajale od skrnavljenja zemlje, sa odobrenjem i saučesništvom vlasti, seljaci su ustali u odbranu svojih poseda.

Iako su mediji prećutkivali pobunu, ili su o njoj tek povremeno šturo izveštavali kao o samo sporadičnim bez značaja sukobima, „kapilarni otpor" sve više se širio. Kako brazgotine u malinjacima i poljima zasejanim pšenicom i kukuruzom nisu zarastale, tako je i ogorčenost zbog otimanja blagoslovene zemlje sve više narastala.

I samo tlo je menjalo boju od bujnozelene i zlatastožute u boju rđe. Na mestima gde su brazgotine, dubokim kopovima, bilo najveće, poprimalo je zagasitocrvenu boju. Boju krvi koja se širi iz nanesene rane. Ne samo na tlu već i u potocima i rekama, u jezercima do kojih je zagađena tekućina oticala podzemnim vodama.

Za seljake je to bio neoboriv dokaz da su u nagrđivanju voćnjaka, vinograda, polja sa zasadima pšenice i kukuruza, livada s bujnom zelenom travom umešane natprirodne sile. Sile zla. Možda čak i nečastivi lično. Kao što su bili ubeđeni da je u vaskrsu seljaka pregaženog bagerom, ili nekom drugom teškom mašinom – nečemu, dakle, u ravni čuda – Svevišnji imao udela. Nije u tom verovanju bilo ničeg neobičnog, jer se jedino božjoj umešanosti može pripisati moć da se sile zla nadjačaju, sputaju ili promene.

Niko, prema tome, nije sumnjao da je, uz pomoć Svevišnjeg, vaskrs moguć. Ako je to uspelo Isusu prikovanom na krstu, zašto ne bi i seljaku koga je pregazio bager? Samo jedno čudo koje se dogodilo bilo je dovoljno da se veruje i u mnoga druga koja se nisu dogodila.

Ovo prvo se odigralo pred više svedoka, što znači da je bilo i lako dokazivo. Policija je, najzad, prilježno snimala sve činove otpora da bi joj promaklo ijedno sumnjivo lice. Ako je i postojala neka neizvesnost, ticala se jedino Zelenobradog, koji je, i doslovno, uslikan na svim protestima. Kad god bi ga policija potražila, nestajao je bez traga kao da nije ni postojao.

Koliko i tajanstveno nestajanje i pojavljivanje, policiju je zbunjivalo saznanje da Zelenobradog niko nije poznavao. Da, uprkos tome što je bio okružen mnogim ljudima, ni sa kim nije ni reč progovorio. Zaticali su ga, naprotiv, kako nešto ćućori s pticama na ramenu. Kao da se poznaju. Više od toga, kao da razume njihov jezik.

Pošto, uprkos velikom trudu, ništa više nisu otkrili, istražitelji su digli ruke od lika koga su viđali na fotografijama, ali ne u stvarnom životu. Kao da je duh, krstili su se u neverici. Zelenobradi je, otuda, u odsustvu pouzdanih podataka, u policijskoj arhivi, kao i sve druge neobjašnjive pojave, svrstan u „nerazjašnjene slučajeve", u nešto, dakle, ravno čudu.

Za razliku od „čuvara reda", meštani su za pojavu čuda bili prijemčiviji. Iako nisu uvek bili u stanju da to što je u dugom vremenskom toku utiskivano u njihov genetski kod izraze rečima, znali su da sve što se događa u prirodi – rađanje i zalazak sunca, oluje i poplave, leto i zima – makar malo zavisi od volje bogova.

Kao što su stari Grci verovali da Apolon sunčanim kočijama juri nebesima. Da Eol škropi zemlju jutarnjom rosom iz svoje vaze. Da proleće dolazi s Persefonom, koja je iz podzemnog sveta svojoj majci boginji Demetri donela seme kukuruza. Da bog mora Posejdon pokreće oluje. Da ima moć da uzburka i smiri talase. Da najmoćniji od svih bogova, Zevs, gospodari munjama i gromovima kao što, po svojoj volji, ukrašava nebo duginim bojama.

Seljaci u Balkaniji znali su još nešto. Da su dužni da svog zemljaka koji je preživeo gaženje bagerom čuvaju kao totem. Kao plemensko uzdarje kojim se izražava poštovanje prema precima i bogovima zaštitnicima plemena.

To su i činili. Vodali su ga po vašarima, predstavljali kao čudo na isti način na koji se u cirkuskim šatrama pokazuje „žena s dve glave", „najsnažniji čovek na svetu", kao bilo šta jedinstveno i izuzetno. Pa i bilo je jer je, kako je to redovno naglašavano, ostao živ i kada su preko njega prešle metalne gusenice koje ni grizli ne bi podneo.

Činili su to na užasavanje vlasti, koje su tako učestalo pojavljivanje pregaženog doživljavale kao buntovnički čin. Kao zavođenje naroda kome se, posredno, poručuje da mu vlasti ne mogu ništa čak ni kada gaze ljude teškim mašinama. Posebno ih je izluđivalo to što nije postojao nikakav zakonski osnov da protiv „živog totema" bilo šta preduzimaju. Da ne mogu da ga privode samo zato što je ostao živ.

Doktor Singer, koji se od drugih savetnika izdvajao većom prisebnošću, odvraćao je vlasti od prenagljenih koraka koji bi uzrujani narod još više razgnevili. Preporučio je, otuda, nešto drugo. Da mediji pod nadzorom Nauljene Bubašvabe pokrenu kampanju protiv sujeverja i arhaičnih verovanja. Ili, ako to ne pomogne, da poseju sumnju u verodostojnost „hodajućeg totema" pribavljanjem izjava lažnih svedoka da seljak nije pregažen. Da je preživeo tako što se našao u jami čije dno, prelazeći preko njenih ivica, metalne gusenice nisu ni dotakle. Da je, drugim rečima, sve izmislio.

Predlažući za vlasti probitačno rešenje, Doktor Singer je prevideo da se na fotografijama koje su dospele u javnost ne vidi nikakav jarak. „Ništa zato", poručio je Amon, od koga su šefovi službe bezbednosti zatražili savet. „Neka članovi stranke – ima ih dovoljno i da iskopaju kanal sve do mora – prodube taj prokleti jarak."

Rečeno – učinjeno. Jedino što su meštani dovedeni u zabludu. Verujući da su „aktivisti" stranke prionuli na riljanje da bi nešto zasadili, ni na kraj pameti im nije bilo da samo dube jamu da bi u njoj pokopali istinu. Naknadno snimljene fotografije s dubokim jarkom nisu ništa promenile. S jarkom ili bez njega, za seljake je njihov zemljak bio zauvek i neopozivo pregažen. To što je preživeo nije se takođe moglo poricati. Za razliku od fotografija s jamom ali bez naroda, gaženje i vaskrsenje čoveka videlo je mnogo ljudi. Niko od njih, najzad, ni za živu glavu nije bio spreman da posumnja, još manje da zaboravi na čudo koje se – kao što se zna – sasvim retko događa.

Ništa ih, prema tome, nije moglo odvratiti od uverenja da su koliko i vaskrsli i oni sami – makar samo kao očevici – sudeonici neke uzvišene i za obične ljude nedokučive božanske promisli. Kao što ih niko, ne samo naknadnim fotografijama već ni ucenama ni pretnjama, nije mogao naterati da poreknu to što su svojim očima videli.

Nije, uostalom, to bilo jedino čudo u koje su verovali. I u seoskim crkvama su, i posle više nedelja i meseci, zaticali hostije u istom stanju kao kada su u hram prvi put unete. Da i ne govorimo o moštima svetitelja koje su u manastirima počivale neoštećene i posle više stoleća. Koji bi, vlažeći zidove, ponekad i proplakali saosećajući s narodom i njegovim mukama.

Čudima se, najzad, i u svakodnevnom jeziku krštavalo sve što se, ma koliko neobično i neočekivano, svakako dogodilo. Da su, na primer, klasovi kukuruza izrasli više od dva metra, da se voće odbranilo od biljne kuge, da je ovca ojagnjila jagnje s dve glave. Ponekad su, istini za volju, na dugim zimskim sedeljkama uz pucketavu vatru i balonče rakije, neka od tih čuda bila samo plod mašte. I u njih se verovalo jednostavno zbog toga što kraj toliko čuda koja su se dogodila nije bilo razloga da se sumnja u tek poneko izmišljeno. Naročito ako su priče o tome, kao jela sa Istoka, bila začinjene raskošnim, baroknim začinima.

Postojalo je još nešto što je seljaka koga je pregazio bager činilo nedodirljivim. To što je vaskrsao pošto su preko njega prešle metalne gusenice već je samo po sebi čudo. Ali u ovom slučaju i više od toga jer seljak nije slučajno pregažen. Svesno se, naprotiv, žrtvovao. Stao je pred mašinu. Nije hteo pred njom da ustukne.

Seoski paroh ga je, otuda, uporedio sa Isusom Hristom. Jeste da se Sin Božji žrtvovao za celo čovečanstvo, a pregaženi seljak samo za svoje selo – ali žrtva je žrtva. I meštani, za koje je bio spreman da položi svoj život deo su, najzad, istog tog čovečanstva.

Da je seoski Isus – pregažen i vaskrsao – uživao veliki ugled videlo se i po tome što je na svim lokalnim svetkovinama uvek bio u vrhu sofre na počasnom mestu. Vlasti je posebno brinulo to što su se meštani s njim i sami osećali jači. Ne sa bilo kim već s buntovnikom koji je pružao otpor. Kome je – čudo se nije moglo drugačije objasniti – lično Svevišnji pomogao da preživi.

Amon je i te kako dobro znao da nije svejedno na čijoj je strani Gospod Bog. Ne samo Jedini i Svemogući već i svi stari bogovi koji ni za živu glavu nisu hteli da propuste priliku da se uključe u bitku. Koju su, kao i Demoni i Vešci, s nestrpljenjem očekivali. Cela jedna armada natprirodnih bića žudela je da obnovi svoja potraživanja. Da s papirima iščeprkanim iz dotrajalih plesnivih škrinja naplate zaostala dugovanja.

Iz policijskih izveštaja je saznao da seoske vračare na prelima i vašarima uveliko o tome govore. Da se priča o čudu raspreda i širi kao šumski požar.

Pa, za razliku od klonova u vlasti, koji su prošlost zatrpavali tekućim beznačajnostima, Amon je iz iskustva svojih prethodnika crpeo korisne pouke. Nije, drugim rečima, propustio da primeti kako su neki od njih izgubili vlast samo zbog toga što su nadmeno prevideli šta za narod znače i vera i sujeverje. Dobro je, uostalom, znao da kad je reč o čudima između istinske vere i praznoverja ne postoji velika razlika.

Naložio je, otuda, da se tvorovi u štampi i na televiziji utišaju sve dok ne smisle neki delotvorniji način da ućutkaju seljake i hodajućeg totema.

17.

POSLEDNJA BITKA UOČI KRAJA SVETA

Predavanje oglašeno kao „Poslednja bitka uoči kraja sveta“ privuklo je veliki broj slušalaca. Ljubopitljive zbog naslova kao u holivudskom filmu velike gledanosti. Obožavaoce mitologije zbog očekivanja da će se tom prilikom govoriti o „novom dobu, trećem milenijumu, vremenu Vodolije, Petom suncu, kraju starih kalendara i uvođenju novih, o tome, najzad, da li će čovečanstvo krenuti putevima Kondora ili putevima Orla“. Buntovne mlade ljude zbog verovanja da je tako opisano predavanje samo nagoveštaj bitke za nešto sasvim određeno: za odbranu Balkanije od nasrtljivih rudarskih kompanija i podmitljivih vlasti.

Pošto zagušljiva rečna birtija nije mogla da ugosti sve koji su hteli da čuju šta se govori (među njima nemali broj doušnika), priređivači predavanja su na vratima kafane postavili zvučnike kako bi govor pratila sve veća gomila ljudi koja je zaposela sav prostor sve do obale.

Pročelje kafane s govornicom i pravougaonim kafanskim stolom za predavače neodoljivo je podsećalo na stare fotografije na kojima su na Osnivačkoj skupštini uslikani nekadašnji pobunjenici. Potamnele od duvanskog dima fotografije su, uprkos patini koja se taložila na zamrljanom staklu, svedočile o zanosu koji je pratio takve događaje. O dirljivoj spremnosti mladih ljudi da se žrtvuju za neki bolji svet.

U pregrejanoj atmosferi, kako su je u izveštajima Amonu opisali doušnici, Mamut se kao prvi govornik potrudio da u predavanje – koje je pobuđivalo tako različita i čak protivrečna očekivanja

– unese kakav-takav red. Pre svega u metodologiji koja je obavezivala da se, bez suvišne strasti, na akademski smiren način protumače neki pojmovi.

Da to neće biti nimalo jednostavno zaključio je već po gostima koji su posedali u prve redove, ali i po svim ostalima koji su se tiskali u skučenom prostoru. Među prisutnima je prepoznao uvažene profesore s visokih škola Balkanije, ali po suknenoj odeći zamrljanoj od blata i seljake koji su pristigli pravo s njivâ. Nisu izostali ni Zelenobradi ni Sirene, koje su padale u oči ne samo lepotom već i zeleno obojenom kosom.

– Da li je to neka moda, da li se možda farbaju? – upitao je Mamut Vevericu, koja je zajedno s Dugokosim sedela za predsedničkim stolom.

– Ne – odgovorila je. – Boja i brade i kose je prirodna.

Uprkos odsustvu sujeverja, Mamut nije sasvim odustao od ezoterije. Najviše zbog toga što je zaključio da neka od obeležja „novoga doba" mogu da posluže kao korisne pouke.

Potraživši u horoskopskim znacima kakva su svojstva Vodolije, koja je zajedno s Petim suncem, završetkom starih i početkom novih kalendara konstitutivan elemenat Novoga doba, sa zadovoljstvom je otkrio da se osobama s tim znakom pripisuje buntovništvo. Da ne podnose da im se neko petlja u život i naređuje šta da rade. Da ne trpe autoritete i još manje jednom zauvek utvrđena pravila.

Nezavisno od horoskopskog znaka pod kojim su rođeni, za Mamuta su članovi *Udruženja ljubitelja patine* imali upravo takva svojstva. Nije imao srca da im to saznanje uskrati.

Iako je bilo jasno zbog čega su se okupili, neki od učesnika su navukli gasne maske na glavu da bi svoje razloge učinili još upečatljivijim. Ako se tome doda samo eterično prisustvo Zelenobradog i Zelenokosih Sirena, koji su, poput duhova, čas bili prisutni a čas nestajali, pomalo karnevalska atmosfera na početku skupa sve više je poprimala sablastan karakter.

Tome su u velikoj meri doprinele vesti da je u Balkaniji došlo do sukoba između unajmljenih batinaša u službi vlasti i rudarskih kompanija i seljaka koji su branili svoja imanja. Da i na jednoj i na drugoj strani ima razbijenih glava i povređenih. Da su u više mesta osnovane straže meštana koje danonoćno nadziru područja namenjena iskopavanju.

Iako su iste vesti dopirale i do Mamuta, nije sebi dozvolio da ga odvrate od zamišljenog redosleda predavanja. Počeo je od samog pojma Armagedon, za koji je rekao da ima bezbroj tumačenja. Što se njega tiče, držaće se onog iz *Otkrivenja Jovanovog* u *Novom zavetu* prema kome je Armagedon mesto na kome će se okupiti vojske dobra i zla za odsudnu odlučujuću bitku.

– Pa to je upravo ovo mesto – u predavanje se umešao Dugokosi. – Ne znam doduše za mnogo dobrog, ali je zla u izobilju.

Nimalo pometen upadicom, Mamut je objasnio da, uprkos viševekovnoj debati, još nisu razrešene nedoumice o tome da li je reč o postojećem ili samo simboličnom poprištu bitke.

– Brdo Megido, koje je u korenu reči Armagedon, zaista postoji. Pod uslovom, naravno, da se kao brdo prihvati izraslina koja nije nastala tektonskim potresom već izgradnjom tvrđave za života više generacija radi zaštite *Via Maris*, trgovačkog puta koji je povezivao Egipat sa Sirijom, Anadolijom i Mesopotamijom.

Armagedon na hebrejskom, s koga je preveden na grčki, zaista označava brdoviti venac kojim se opisuje utvrđenje koje je osnovao kralj Ahab u devetom stoleću pre Hrista. Iako se reč Armagedon u *Starom zavetu* pominje čak deset puta, toponim pod tim imenom nijednom se ne dovodi u vezu s proročanstvom o odsudnoj bici uoči kraja sveta. Poznavaoci *Biblije* zbog toga veruju da uzvisina Armagedon ima samo skriveno značenje da označi zamišljeno mesto koje u stvarnosti ne postoji.

– Šta se iz toga može zaključiti? – upitao je.

– Samo to – sâm je odgovorio – da je svesno, s predumišljajem, otklonjena mogućnost da se poprište predstojeće bitke zamisli na nekom u stvarnosti postojećem mestu. Ili, još određenije, da će bitka biti posvuda. Da će, drugim rečima, biti planetarno rasprostranjena.

– Znači i ovde – Dugokosi se još jednom umešao u predavanje.

– Sve zavisi od toga – odgovorio je Mamut – da li na pojave gledamo kroz teleskop ili kroz mikroskop. Hoću da kažem da neke stvari vidimo uvećane, a neke opet umanjene.

Neka davno zatomljena i otuda potisnuta osećanja ponovo se rađaju kao džinovsko sunce koje gotovo zaslepljuje, ali i greje blagotvornom toplinom. Posebno kada se slike udruže sa zvukom i čulo sluha je deo zavere) u onim retkim trenucima koji nas čine ponosnim što smo deo čovečanstva. U času kada razneženo pomislimo kako bi bila velika šteta da ljudska vrsta tek tako bez traga nestane. Sa svim delima u kojima se jedino približava onom božanskom.

Sasvim je druga slika koja se vidi kroz mikroskop. Može se čak reći da nam ta sprava nije ni potrebna da pojave i ljude vidimo umanjene. I bez mikroskopa su onakvi kakvi jesu i u stvarnosti.

Ono što ih čini razgovetnijim nije toliko otkrivanje već viđenih i poznatih naopakih svojstava čoveka - gramzivosti, prostote, vlastoljublja - koliko svođenje na pravu meru. I kada se ispred platna tobožnje izuzetnosti pripadnici ljudskog roda poređaju u vrstu, još su sićušniji i od nevidljivog virusa.

Koliko o samo zamišljenom ili postojećem mestu Poslednje bitke uoči kraja sveta, Mamut je i o vremenu predstojećeg sukoba uveo značajne, moglo bi se reći, u ajnštajnovskom smislu - prevratničke ideje.

– Bitka koja se opisuje kao poslednja - doslovno je rekao - ne samo da je odavno započela već nikada nije ni prestajala. Drugim rečima iskazano, ona je večna.

Kao da je za oltarom, Mamut je liturgijskim glasom poručivao da se od pamtiveka, otkako je ljudskog roda uistinu, nadmeću dobro i zlo, pravičnost i nepravda, nevinost i poročnost, nesebičnost i gramzivost, smernost i vlastoljublje.

Primetivši, otuda, da se borba koja neprestano traje ne može vremenski ograničiti, Mamut je zaključio da svako istorijsko poglavlje ima svoj Armagedon. Šta se, najzad, drugo može reći za vreme kada je polovinu žitelja Evrope pomorila kuga? Upirao je prstom u likove u prvim redovima kao da su oni krivi za pojavu pandemije danas.

Ma koliko korisno, saznanje da će područje predstojeće bitke biti široko, bolje reči sveobuhvatno jer će, u najdoslovnijem smislu, uključivati sve oblasti materijalnog i duhovnog života, kod slušalaca je pobuđivalo zasićenost. Ono što graditelji mostova opisuju kao „zamor materijala".

Kao što od toga nisu izuzeti gvožđe i čelik, nisu ni ljudi. Seljaci koji su ceo bogovetni dan težačili na njivama, da bi sutradan već u ranu zoru ustali da namire stoku i stignu na autobus, da bi, posle dugog putovanja, mrtvi umorni stigli u prestonicu Balkanije, nisu doputovali da slušaju o poreklu pojma Armagedon, niti o apstraktnim analogijama gledanja kroz teleskop i mikroskop. Nije ih, drugim rečima, zanimala ni planetarna rasprostranjenost ni vanvremenska dugovečnost borbe dobra i zla. Interesovalo ih je nešto drugo: kako da se odupru nasilju i otimačini? Kako da sačuvaju svoja imanja? Na čiju pomoć mogu da računaju?

Bila su to pitanja za čijim su odgovorima očajnički žudeli.

Iako su sve oči prisutnih bile uperene u Mamuta, mikrofon je pre njega dočepala Glumica, nešto starija od Veverice, ali isto tako hitra i okretna.

Pre nego što je progovorila, pokazala je na majicu na kojoj je bila utisnuta stisnuta pesnica. Izvukla je, zatim, ispod stola ogromnu motiku i lopatu. Iako su poljoprivredne alatke, samom veličinom, poručivale da neće služiti samo za obradu zemlje, Glumica je takav nagoveštaj i izričito potvrdila.

Pitanje da li su alatke dovoljno velike i za borbu, dočekano je erupcijom odobravanja. To su već bile poruke zbog kojih se vredelo pomučiti. Putovati danima da bi se čule.

Druga Sredovečna Glumica je, na opšte zadovoljstvo, takođe pozvala na otpor. Svojim primerom je, najzad, dokazivala da je moguć tako što je goloruka preprečila put bageru u krčenju šuma. Slika u kojoj raširenih ruku stoji pred moćnom mašinom obišla je svet. Možda i zbog toga što je neizbežno podsećala na fotografiju u kojoj student na drugom kraju sveta na trgu Tjenanmen (Trgu nebeskog mira) u Pekingu isto tako raširenih ruku zaustavlja tenk.

Sve koji su, makar za trenutak, pomislili da ipak postoji razlika između mirnodopskog guseničara i oklopnog vozila Glumica je odmah razuverila primetivši da oba čelična mastodonta podjednako uspešno gaze ljude koji im se nađu na putu.

– Šta ih sprečava da to učine? – upitala je prkosno. – Svakako ne samilost.

– Šta onda?

– Samo svest o tome da će za svakog umorenog ustati neki novi buntovnici. Da nas ne mogu sve zgaziti.

Poslednje reči Glumice prisutni su dočekali na nogama.

To je bilo tačno ono što su hteli da čuju.

Dostavljači su u izveštaju Amonu posebno izdvojili govore „umetnica". Opisali su ih istim rečima kao „pozive za pobunu".

– Šta drugo? – Amon se zlovoljno i sâm saglasio.

Kao da se nisu okupili radi predavanja, prisutni su se maltene otimali za mikrofon. Univerzitetski Profesor je, kako i priliči visokom akademskom zvanju, smireno ponudio sijaset razloga koji opravdavaju bunt.

Počeo je time da u kraju u kome je predviđeno iskopavanje „đavolje rude" živi više hiljada ljudi. Da je svaki pedalj plodne zemlje obrađen. Da su škole pune dece. Da je priobalje reka natopljeno podzemnim vodama. Da u istoj oblasti živi više od sto četrdeset biljnih i životinjskih vrsta. Da Malinjak, najzad, može da se pohvali bogatom kulturno-istorijskom zaostavštinom.

Ekonomistima, ili samo običnim račundžijama, svima onima, najzad, koji su više brinu o profitu nego o životnoj sredini i kulturnom blagu, podastro je takođe računicu o koju nisu mogli da se ogluše. Sadržana je bila u samo jednoj rečenici, prema kojoj je vrednost poljoprivredne proizvodnje višestruko premašivala visinu rudarske rente koju bi naplaćivala država. Da i ne govorimo o šteti od zagađivanja zemlje i vode, krčenja šuma i raseljavanja stanovništva.

Pozivajući se na sve te, kako je rekao, neosporive činjenice, Profesor je upitao zbog čega vlasti „žmure na jedno oko". Da sa onim jedino otvorenim vide samo hrpu novca.

– Kada bi se služili sa oba oka, videli bi ono što svi vide: da osim koristi postoji i šteta. Neotklonjiva i nenadoknadiva. Da toksične izlučevine u pijaćoj vodi pokreću epidemije. Da se zarad profita zagađuju zemlja i pribežne reke. Da je ugrožen i sâm opstanak.

– Pa koja je to mera – uprkos smirenosti, ni Profesor nije uspevao do kraja da sačuva pomirljivi ton – kojom se to može opravdati?

Koliko je procenata „ekonomskog napretka" potrebno da se u njih smeste zagađivanje životne sredine i izgubljeni ljudski životi.

Reči uglednog govornika dočekane su zaglušnim zvižducima i toptanjem nogu o drveni pod. Takođe povicima protiv vlasti, za slučaj da se ne zna kome su zvižduci namenjeni. Izlaganje je završio gotovo vikom, nimalo nalik smirenim tonovima na početku. Kao da je tužilac na suđenju koje će jednog dana možda biti održano, ili govornik na velikom narodnom zboru kažiprsta uperenog u zamišljenog okrivljenog, tražio je gromkim glasom od vlasti da se izjasne:

– Na čijoj ste strani? Čije interese štitite? Rudarske kompanije ili svog naroda?

Nastao je rusvaj. Svi prisutni u prenatrpanoj kafani, ali i oni koji su se tiskali pred ulazom nadmetali su se u pogrdama vlastima. Bilo ih je toliko da dostavljači nisu uspevali sve da ih pribeleže. Provokator (poznatiji pod nadimkom Ćelavi Tvor), koji je drekom pokušavao da omete zbor, bio je brzo ućutkan. Na način koji nije očekivao: tako što su mu u megafon trpali đubre i svakojaku pogan.

Na opšte čuđenje, umesto Profesora, odgovorio mu je (više vlastima, u stvari, jer je drekavac bio samo njihova jadna alatka) Mamut lično.

– Sasvim je razumljivo – podrugljivo je primetio – da vas osujećenost u svrstavanju na koje ste navikli čini nervoznim. Što se zgražavate što seljaci na uljeze potežu motike? Pa morali biste da znate da se svako brani onim što ima. Da od motike sve počinje.

Okupljeni su, na nogama, još jednom davali oduška ogorčenju. Ne samo to. Mahali su motikama i lopatama umesto zastavama. Provokator se uzalud trudio da iz megafona istisne bilo kakav pisak. Umesto da se pogan iz njega širi, vraćala mu se ravno u razjapljenu čeljust.

Mamut je strpljivo čekao da se buka utiša, ne u potpunosti, to više nije bilo moguće, da se vrati na kolosek s koga je predavanje krenulo. Činio je to iz pragmatičnih pobuda. Nije smeo da dopusti da vlasti optuže *Udruženje* kako „lažnom objavom tobožnjeg predavanja krije prevratničke namere".

– Ako nemate ništa protiv – obratio se uzavreloj masi – nastavio bih tamo gde smo stali.

Nisu imali ništa protiv. Mamut uistinu pojma nije imao gde su stali. Primetivši da se muči kako da nastavi, Veverica mu je šapnula na uvo o čemu je dotad govorio.

– Ah, da – prenuo se. – O mestu i vremenu sukoba. Podsetiću vas da je u tumačenju biblijskog proročanstva zanemareno i mesto i vreme predstojeće bitke. Da je u vekovnoj teološkoj raspravi prevagnulo nešto mnogo važnije: nepromenljiva priroda sukoba između dobra i zla.

Postrojavajući legije predstojećeg okršaja Mamut je u svesti prisutnih ređao slike koje se viđaju jedino u stripu i na filmu: vojske dobra i zla kako se, uz mnogo buke, okupljaju za završni boj. U takvom, nema sumnje bogohulnom prikazanju morao je da prizna da su na strani zla živopisniji likovi: zmajevi koji bljuju vatru, veštice i akrepi, opasne zveri, lažni proroci i zli čarobnjaci. Svakojaka odvratna čudovišta (ponekad s ljudskim likom) kao da su pobegla s platna Hijeronimusa Boša.

Ma koliko začuđujuće, od izmišljenih prikaza veću odvratnost su pobuđivali likovi iz stvarnog života opsednuti vlašću i materijalnim dobrima. Likovi za koje se nije moglo sa sigurnošću znati da li su utekli iz Danteovog *Pakla* ili iz zemaljskog pakla.

Već i sama galerija bojovnika nudila je uvid u prirodu predstojeće bitke. Nije se više moglo govoriti o sukobu država, vojnih saveza, društvenih uređenja. Niti o nadmetanju vera, ideologija ili samo tradicija i običaja.

– Sve u svemu – naglasio je Predavač – neće biti klasične podele na dve strane, jer će i na jednoj i na drugoj biti onih koji će se boriti za svoja uverenja a ne za pripadništvo jednom od sukobljenih tabora.

U tom smislu doživećemo mnoga iznenađenja. Verovanje da će se neke opake životinje, čak i krvoločne zveri, opredeliti za vojsku zla je pogrešno.

– Zašto? – kružio je pogledom po sali iščekujući odgovor.

Pošto niko, ama baš niko, nije mogao da dokuči zbog čega bi se divlje zveri borile na strani dobra, sâm je ponudio objašnjenje.

– Zato što ni zveri ne mogu da opstanu bez šuma i nezagađene zemlje i vode. Kako, prema tome, da budu na strani onih koji ih lišavaju jedine sredine u kojoj mogu da opstanu. Isto važi i za sve kopnene životinje. I za one koje obitavaju u vodi. Za ribe i rakove. Za ptice. Za insekte. Za sva živa bića na svetu. Za sve dane u kojima im je Gospod udahnjivao život. Pa zar mislite da će se Svevišnji tek tako odreći onoga što je stvorio.

Mamut se, ovoga puta u svojstvu Neimara, gotovo poistovetio s *Vrhovnim Tvorcem*. Nije mogao ni da zamisli da će legijama Satane dopustiti da razruše sve što je sagradio. Možda bi s tako nečim nezamislivim mogao da se pomiri da je bitka imala druge povode. Da se svela na obično iskušavanje. Na nadmetanje da se vidi ko će nadjačati.

Ali ne! Poslednja bitka uoči kraja sveta potekla je iz sasvim drugačijih pobuda. Iz grabežljivosti za koju Pakao nije dovoljna kazna. Kada sile zla budu konačno poražene ni za *Paklom* neće biti potrebe.

Staroslovenski bogovi kao zaštitnici šuma i voda biće takođe u legijama pravednika. Kao i antički bogovi: Artemida, boginja šuma i divljih životinja, Eol da poškropi zemlju jutarnjom rosom, boginja kukuruza Demetra i mnogi drugi. Sirene i nimfe, isto tako. Nije morao da objašnjava zašto.

– Začudićete se, sigurno, kada čujete da će vampiri biti neopredeljeni. Verujte mi da za to imaju valjane razloge. Dozlogrdilo im je da slušaju kako oni jedini piju krv narodu. Misle, naprotiv, da su nepravično optuženi. Da krv narodu mnogo više piju grabežljive kompanije i podmitljive vlasti.

Dugokosi je primetio da za predstojeći boj snage dobra i zla nisu ravnomerno raspoređene. Kakvom se ishodu, tada, ove prve mogu nadati, upitao je.

– Moguće je da na svetu ima više zla nego dobrog. Ili pak imamo takav utisak zbog toga što se zlo doživljava na maštovitiji način. Pogledajte samo kako je sve Satana opisan u *Knjizi o Jovu* i *Psalmima*:

kao uhoda, potkazivač, klevetnik, lukavac, smutljivac, spletkaroš, bestidnik, mutivoda, zlopoglednik, nevernik. Takođe kao bezakonik, pogan jezik, progonitelj duše ili – još bespoštednije – kao ljudožder i krvolok.

Za razliku od *Starog zaveta*, đavo se u *Novom zavetu* opisuje sa izmenjenim svojstvima. Više je mefistovski nego apokaliptičan lik. Kao osoba koja u isto vreme otelovljuje neodoljivu zavodljivost i zločinačku narav. Koja se služi koliko prisilom toliko i nagovorom i veštinom. Potrebno je, otuda, da upregnemo i um i intuiciju da prepoznamo njegova mnogobrojna prikazanja.

– Zar neki ljudi nemaju ista takva svojstva? – upitao je Dugokosi.

– Svakako da imaju. Imajući u vidu da se đavo vešto prerušava, ne možemo pouzdano znati da li su ljudi zaista takvi ili se u njih uselio Nečastivi.

Osvrćući se još jednom na „neravnotežu snaga", Mamut je primetio da je gotovo nemoguće da unapred označiti izvesne ili samo verovatne zone sukoba, interesne grupe, a s njima u vezi i stvaranje novih, ne uvek razumljivih, a ponekad i neobjašnjivih saveza.

– Iako se, otuda, o budućnosti, još manje o tome kakav će ishod imati „Poslednja bitka uoči kraja sveta" ništa sa sigurnošću ne može znati, o tekućim dešavanjima bar imamo neka saznanja. Što se mene lično tiče, u potpunosti sam saglasan s dobitnikom Pulicerove nagrade Krisom Hedžisom, da je „spektakl zamenio razum, da se liberalna elita stavila u službu krupnog kapitala i da krajnja desnica, često zadojena verskim isključivostima, sve više jača u svetu".

Margaret Atvud istovetna uverenja o tome da se „liberalna demokratija preko noći pretvara u surovi totalitarizam" potkrepljuje upečatljivim primerima: „Podizanjem zida na granici s Meksikom, ukidanjem prava na kontrolu rađanja, zabranom prodaje kontraceptivnih sredstava, podrškom ultradesničarskim rasistima, zakonima kojima se – u ime borbe protiv terorizma – ograničavaju ili u potpunosti ukidaju ljudska prava i slobode, društvenom getoizacijom, zagađenjem životne sredine, epidemijama prouzrokovanim toksičnim izlučevinama u pijaćoj vodi, sve većim jazom između siromašnih i bogatih, ukidanjem prava na besplatno školovanje i lečenje, poništenjem gotovo svih tekovina viševekovne borbe radnika za socijalnu pravdu i jednake mogućnosti za sve."

– Ne samo u Americi, svuda u svetu – prošaptao je sa uzdahom.

Mamutu nije promaklo ni to da Hedžis, koji svakako nije ezoterista, takođe govori o kraju. Ne o kraju sveta već o kraju društvenog poretka koji je, po njegovom mišljenju, iscrpeo svoje istorijske mogućnosti.

Objasnio je i zašto:

– „Nesposoban da se širi i stvara dovoljno visoku stopu profita ustremiće se na najsiromašnije i gurnuti ih u još veću bedu. Seliće radna mesta u zemlje s jeftinom radnom snagom. Kada više ne bude nikoga da se zadužuje i ponestanu nova tržišta, sistem će se urušiti u celini."

Može li se preduprediti sunovrat, postoji li izlaz, Mamut je bio zasut pitanjima.

– Za Hedžisa je to samo otpor. Čovek je lepo objasnio zašto. „Protesti su", kaže on, „kao biljka. Ako se ne zalivaju, sparušiće se i uvenuće."

Objašnjenje se svima svidelo. Mladima zbog neminovnosti otpora. Ratarima zbog poređenja s biljkom. Iako su za dobitnika Pulicerove nagrade prvi put čuli, dobro su razumeli njegovu poruku.

Mamut se još jednom pozabavio stvarnom ili samo tobožnjom „neravnotežom snaga".

– Ni izdaleka nije sve tako kako na prvi pogled izgleda. Istina je da legije zla imaju pancire, oružje, oklopna vozila, nosače aviona, nuklearne bombe. Da imaju uza se vojsku i policiju, novac i moć, sve poluge državnog aparata, najzad. Pa šta im sve to vredi kada ne mogu da izađu na kraj sa sićušnim, nevidljivim virusima koji svi zajedno, kako je već rečeno, mogu da se smeste u flašicu koka-kole.

– Ili, daću vam još jedan primer da je nesrazmera moći samo privid. Da je jedan jedini „pobunjenik savesti" u stanju da poremeti delovanje, naruši samopouzdanje najmoćnijih tajnih službi i nacionalnih agencija za prikupljanje podataka.

– Na koga određeno mislite? – upitao je Dugokosi.

– Mislim na Asanža, na Snoudena, na sve one usamljene pojedince koji, kao David, odapinju iz praćke kamičke na Golijate.

Znam, naravno, da je potrebno hiljade i hiljade „pobunjenika savesti“ da bi se razotkrila sva zlodela i nepočinstva gospodara sveta. Za sada ih pominjem samo kao primer da je ponekad i nemerljiva i naizgled neprobojna moć samo privid.

– Zar verujete da su ta dva imena dovoljna?

– Mogao sam da navedem i neka druga. Nema ih previše, istina je, ali se po ugledu i uticaju mogu nositi i s najvećim brojevima.

– Na primer?

– Noam Čomski, na primer. Margaret Atvud, indijska spisateljica Arundati Roj, bivši grčki ministar finansija Janus Varufakis, meksički reditelj Alfons Kuaron, kineski umetnik i disident Aj Vejvej, američki reditelj Oliver Stoun. Kao što vidite ima ih i na Istoku i na Zapadu. U celom svetu, najzad.

– Nedovoljno, ipak – primetio je Dugokosi. – Samo zrnca peska u beskrajnoj pustinji.

– Ne pobeđuju uvek jači – Mamut je još jednom potegao priču o Davidu i Golijatu.

Poređenje s Davidom na Dugokosog nije ostavilo utisak. Jeste da je David jednom savladao Golijata, ali mnogo češće su Golijati dolazili glave Davidima.

– Nije moć samo privid – pobunio se. – Zar se ne koristi i danas da s lica zemlje odstrani sve nepodobne?

– Kada sam govorio o moći kao prividu, nisam hteo da kažem da se i danas ne koristi upravo onako kako ste opisali. Mislio sam na nešto drugo. Na to da nije sve u broju. Da čovečanstvo ne čine skupine cifara već živi ljudi. Postoji li upečatljiviji primer za to od pojave hrišćanstva? Od sudbine Hrista. Poklonici nove vere na početku su bili više sekta nego masovan pokret. Boravili su u lagumima i podzemnim hodnicima dugim ponegde i više kilometara, u kojima su se skrivali od progona i sahranjivali svoje mrtve.

– Pomislite samo – Mamuta je iako ne sasvim uzornog vernika, obuzimao verski zanos. – Na jednoj strani najmoćnija imperija. Doslovno shvaćeno, jer je sve znanje i moć tadašnjeg sveta bilo u njoj oličeno. Van granica Rima bili su jedino varvari. Samo pustoš i neprozirna tama. Pa ko je nadvladao – sada je već sasvim ličio na propovednika – moćna rimska imperija, ili hrišćani koji su se skrivali pod zemljom?

Svakako bi bilo neodmereno ako ne i bogohulno da se pobunjenici savesti porede s Hristom, a njihovi sledbenici sa apostolima, ali ne može se poreći da šire istinu isto onako kako su to činili Isusovi učenici nekada.

Mamut je, da bi bio jasniji, stanje u kome je svet danas uporedio s crvotočnim brodom koji propušta vodu. Kao sliku olupine iz koje cure vesti „iznutra". Kao trošnu tvrđavu čiji bedemi mogu da zaštite od napada spolja, ali ne i od buntovnika u sopstvenim redovima.

Sve su se imperije, zaključio je uvereno, raspadale na isti način. Širenjem malih pukotina sve dok se brod do kraja ne rastoči. Pravednici nikada nisu bili u većini. Da je drugačije, ne bi postojao samo jedan Isus.

Da do kraja pročita poverljiv izveštaj o poslednjem zasedanju Zaštitnika prirode Amona su ometale vesti o sve češćim sukobima meštana sa zaposlenima u rudarskoj kompaniji, unajmljenim batinašima i, najzad, policijom.

„Kapilarni otpor", kako ga je sâm krstio, sve više se širio. Nije, što ga je najviše brinulo, tinjao izdvojeno. U početku samo slabašni proplamsaji začas su se stopili u neukrotivu vatrenu stihiju. U požar koji više nije plamteo samo u skučenom prostoru. Buktao je, naprotiv, u svim krajevima gde je bilo predviđeno otvaranje rudnika za iskopavanje toksične rude.

Vesti o sukobima, bolje reći o nemirima, pristizale su najpre sasvim stidljivo, da bi, sustižući jedna drugu, ubrzo prerastale u kas i, najzad, u galop. Ma koliko se ustezali, vladini televizijski i štampani mediji nisu mogli da ih izbegnu. Nije, najzad, bilo načina da prećute to što je bilo pred očima svih žitelja Balkanije.

Pripisali su ih, kao i uvek, „stranim plaćenicima", koji su iznajmljeni da ometaju ekonomski i svaki drugi napredak.

– Kamo sreće da je tako – mrmljao je Amon, čitajući uporedo policijske izveštaje i naručene tekstove u štampi.

Bili su, očekivano, toliko različiti da se pobojao da će načisto ozrikaviti prateći istovremeno napise koji su bili dijametralno suprotni ne samo zbog toga što je na jednima bila oznaka „strogo poverljivo“, dok su drugi bili namenjeni javnosti, već i zbog toga što su se međusobno razlikovali kao nebo i zemlja.

Veću pažnju – takođe očekivano – posvetio je policijskim izveštajima. Kako bi, najzad, znao šta se dešava u zemlji da je čitao samo štampu i gledao televiziju?

U policijskim izveštajima, doduše, nije bilo živopisnih pojedinosti kojima su mediji obilovali. Na primer o tome da su veverice u četinarskoj šumi ometale seču drveća tako što su drvoseče gađale šišarkama. Da su, opet, na drugom mestu medvedi zatrpali kop za budući rudnik.

Za razliku od režimskih urednika, koji su takve pojave opisivali samo kao neobične, Amon se nije dao zavariti. Bio je, naprotiv, uveren da „nastrano“ ponašanje životinja nije slučajno. Da su za to odgovorni protivnici vlasti.

Zatražio je od službi bezbednosti da mu hitno dostave fotografije s pomenutih događaja. Nimalo se nije iznenadio kad je na njima ugledao Zelenobradog. Istog onog koga je zapazio, takođe na fotografijama, kao redovnog učesnika svih skupova protiv vlasti.

Sazvao je, otuda, hitnu sednicu Saveta nacionalne bezbednosti. Učesnike je sačekivao još na vratima mašući im pred nosom fotografijama Zelenobradog.

– Šta vidite na njima? – pitao je pojedinačno svakog dolazećeg.

Videli su, naravno, to što i on. Zelenobradog ne uvek isto odevenog. Na jednima je bio u građanskom odelu, pomalo pohabanom, doduše. Na drugima u gruboj suknenoj odeći kakvu nose ratari i šumski radnici. Bilo je i fotografija na kojima je delovao kao pokisao. Uprkos tome što su snimljene po sunčanom danu, s njega je kapala voda.

– Ako vidite to što i ja vidim – razdraženo je vikao – zbog čega ne uhapsite kolovođu nemira? Osim ako ne mislite da su se životinje same pobunile a da ih na to nije upućivao Zelenobradi, svejedno da li batinom ili kockom šećera?

Imao je, najzad, o tome i lično iskustvo zahvaljujući poukama na „oglednoj vežbi" u cirkusu *Barnum* i *Pozorištu lutaka*. Nezaustavljivo su navirale kao da ih je u tom trenutku saznavao. Šefovi službi bezbednosti i direktori policije ćutali su kao zaliveni. Znali su, uostalom, da je za njihovo dobro poželjno da sačekaju da se Amon koliko-toliko smiri. Uzalud su se nadali da će odustati od propitivanja. Upirao je, naprotiv, prstom u snimke kao da će da ih proburazi.

– Pitam se samo – i dalje je nekontrolisano vikao – koliko je fotografija potrebno da pronađete podstrekača haosa koji je, najzad, na snimcima zatečen na delu.

Posle ćutnje, koja je potrajala duže nego obično, odvažio se da progovori postariji Načelnik policije. Pošto se tih dana već spremao za penziju, nije mnogo mario što će se Amon najpre na njega okomiti.

– Pokušali smo to već više puta, verujte mi na reč.

– Pa zašto ga tada niste priveli?

– Nismo zbog toga što je kad god bismo se primakli mestu gde je viđen – nestajao kao duh.

Iako Načelnik to nije mogao da zna, govorio je istinu. Zelenobradi je nestajao kao duh zato što je bio duh. Još manje je to mogao da zna Amon. Verovao je u zavere, ali ne i u duhove.

Pribegao je, otuda, oprobanim policijskim metodama. Ma koliko delotvorne, imale su veliku manu da počivaju na zastarelim, takoreći arhaičnim navikama. Bile su lišene uvida da se susreću s nečim novim. S nečim što daleko premašuje lokalni karakter bunta.

Nisu, otuda, mogli da objasne kako su kamere smeštene u visokim krošnjama četinara već sutradan bile razbijene. Kako su mogli da poveruju da su to učinile veverice.

Kao ni dotad, potraga za Zelenobradim nije imala željeni ishod. Od meštana koje su propitivali, služeći se neretko pretnjama i ucenom, nisu saznali ništa novo. Ništa što nisu i sami znali. Često su viđali osumnjičenog, nije da nisu, ali je on isto tako često netragom nestajao.

Za razliku od Amona, koji nije verovao u duhove, seljaci su verovali. Da za vlasti bude još gore, bili su ubeđeni da su oni na njihovoj strani. Čuvši za to, Amon je i doslovno pobesneo. Niko se zbog toga više nije usuđivao da pominje duhove. Čak ni film *Duh Ljana Estahada*, koji je u mladosti toliko voleo.

Bio je opsednut Zelenobradim. Čvrsto je verovao da postoji.

Pa, postojao je, ali samo kao duh.

Ne znajući šta bi još mogli da preduzmu, prisutni su, kao uškopljeni, jedino bili u stanju da pokorno saslušaju nove naloge.

Pa, bilo ih je napretek.

Iako brojčano uvećani, svodili su se u suštini samo na revnosniju primenu već postojećih mera: na pretnje, ucene, podmićivanje, uhođenje i praćenje, pritvaranje nepodobnih. Da smo u pozorištu – a Balkanija je na neki način to bila – moglo bi se reći da je u „teatru apsurda" zadržan klasičan, već više pita viđen repertoar. Samo s više predstava.

Smirivši se donekle, Amon se gotovo poslovno interesovao da li je moguće da među pobunjenim seljacima ima i takvih koji će, za određenu naknadu razume se, potkazati kolovođe otpora.

– Ima ih, kako da nema – za reč se opet javio Načelnik pred penzijom.

– Pa šta tada čekate? Što ne pohapsite vinovnike protesta?

– Zbog toga što ne postoji kolovođa. Istina je da se među pobunjenim seljacima poneko izdvaja većom odvažnošću, ali ne zato što ga neko podstiče već što se sâm tako oseća.

– Šta ćemo tada sa Zelenobradim? Na fotografijama se jasno vidi da se pojavljuje na više mesta, i to redovno u prvim redovima.

– Istina je da se pojavljuje, ali je istina da isto tako brzo nestaje. Da li ste, imajući to u vidu, pomislili da su seljaci možda u pravu kad kažu da je Zelenobradi zaista duh?

– Ma kakav duh – Amon je odmahnuo prezrivo rukom. – Samo je stari prepredenjak koji se vešto prerušava.

– Čak i da pretpostavimo da ste u pravu, kako je moguće da se, ako nije duh, istovremeno pojavljuje na više mesta?

– Postoje li dokazi za to?

– Naravno da postoje. I to sasvim jednostavni. Na svakoj fotografiji je ubeleženo vreme. Čas i minut kad je snimljena. Kako se iz toga može videti, sve su načinjene u isto vreme, ali na različitim mestima. Pošto živ čovek u istom času može da bude samo na jednom mestu, moć da se istovremeno pojavi na više mesta mora se pripisati jedino duhovima.

– To još ništa pouzdano ne dokazuje. Šta ako se u istrazi pokaže da postoji više kolovođa koji se prerušavaju na isti način?

– Policija, nažalost, nije došla ni do kakvih saznanja ni o jednom ni o više kolovođa. Ima ih jedino među pobunjenim seljacima koji kao jedan štite svoja imanja. U tom smislu bi se moglo govoriti samo o zajedničkom kolovođi čije naloge svi podjednako uvažavaju i brane.

Doktor Singer se pobojao da se pojam „zajedničkog kolovođe" Amonu nimalo neće dopasti. Koji me đavo tera, prekorevao je sebe, da mu idem uz nos kada je opšte poznato da ne podnosi ni bezazlenija osporavanja.

– Hajd još da poverujem da pritvaranje Zelenobradog nije izvodljivo. Ali kako da razumem da oklevate s gušenjem pobune, ako je potrebno i silom? – obraćao se Amon svima zajedno.

– Siguran sam da dobro poznajete istoriju kraja u kome je predviđeno otvaranje rudnika – primetio je Savetnik.

Doktor Singer je bio poslovično čuven, što je i ovoga puta potvrdio, po pitanjima u kojima se pretpostavljalo da sagovornik nije dovoljno upućen u ono o čemu se govori. Bio je to njegov više puta oproban način da potkopa samouverenost nadmenih vlastodržaca.

Ni Amon nije bio nikakav izuzetak. Pošto sebi nije mogao da dopusti da dospe u neugodan položaj neobaveštene osobe, nije mu preostalo ništa drugo do da nevoljno potvrdi da istoriju Balkanije, a posebno pobunjeničkog kraja, savršeno dobro poznaje.

– U tom slučaju – Doktor Singer je savršeno baratao i premisama i zaključcima – svakako znate i za to da je baš taj kraj poznat kao ustanički. Da su se tu začinjale mnoge bune. Da su veće sile (umalo da kaže „i od vaše") podvijenog repa bežale. Nema, uostalom, potrebe da podsećam da su sve, ili gotovo sve, verodostojne bune – od Stenjke Razina do Matije Gupca – pokretali seljaci. Siguran sam, isto tako, da vam je dobro poznato da je to takođe i kraj u kome su rođeni znameniti ljudi. Među njima i tvorac pisma Balkanije. Kao što vidite, imaju šta da brane. Ne samo svoje kuće i imanja već i svoje, ili je možda tačnije da kažem, naše tekovine.

Amon je zamišljeno ćutao. Nije mogao da porekne da je Savetnik u pravu, ali nije smeo ni da otkrije da i on ima neke obaveze. Da ga nisu vodili u cirkus *Barnum* i u *Pozorište lutaka* radi zabave već radi pouke.

Šta se pobogu promenilo, pitao se sa zebnjom. Nije primećivao ništa što bi ukazivalo da je narod postao promućurniji, da je manje zavisan od milosti vlasti u traženju posla i u sticanju bilo kakve koristi. Da se, najzad, manje plaši nego nekada.

Pa – Doktor Singer se ipak nije usudio da mu i to kaže – mnogo toga se promenilo. Najmanje sâm Amon. Imao je, uostalom, iskustva i s drugih dvorova na kojima je služio. Znao je da duga vladavina neizbežno dovodi do neke vrste zasićenja, smanjenog interesovanja za bilo šta drugo osim za ličnu vlast. Da to, opet, za neizbežnu posledicu ima ograničeni uvid u ionako skučena saznanja o tome šta se zbiva i kod kuće i u svetu.

Ni svet, najzad, nije više postojao u tradicionalnom smislu. Pandemije, prirodne katastrofe, klimatske promene nagoveštavale su društvene poremećaje u poređenju s kojima je gubitak vlasti samo nevažan, maltene smešan događaj.

Kao i mnogi drugi vlastodršci zaposednuti demonom vlastoljublja, ni Amon nije bio u stanju da razume da su, u odnosu na dramu opstanka, i njegova vlast i on sâm beznačajni. Da najsićušniji virusi mogu da odluče koliko će još na vlasti biti.

Kako je, uostalom, mogao da zna ono što su ptice znale: da oni bezumniji svaki čas uskaču u neki drugi još smrtonosniji soj, tek da pokažu ljudima da im ništa ne mogu. Da stave do znanja da im je za preobražaj, stručno nazvan mutacijom, dovoljan samo jedan trenutak, takoreći treptaj vremena. Da je, za razliku od njih, čovečanstvu da se odbrani, za novu vakcinu, potrebno nekoliko godina, da ih, drugim rečima, deli provalija vremena. Postojali su, na sreću

– što Amon takođe nije mogao da zna – i razumniji virusi, koji su nastojali da svoju razularenu braću prizovu pameti. Da im predoče kako bi iskorenjivanjem svih ljudi na zemlji i sebi iskopali grob jer bez bića koje nastanjuju ni sami ne bi preživeli.

Amon je tako, i sopstvenim primerom, potvrdio da i najveća moć ima svoja ograničenja. Da je maltene genetski nemoćna da razume pojave koje izmiču ustaljenim navikama i samoproglašenoj važnosti. Sve više je, otuda, ličio na patuljke koje su preklopile teške korice Sviftovog Gulivera.

Uzalud je vezivao, lako pokidivim, končićima džinovsko čudovište koje se raspomamilo ne samo na zemlji već i ispod nje. Na nebesima, najzad. Odasvud su nadirali isto tako razgnevljeni probuđeni bogovi. Ne mogavši da se odmakne od ograničenog dometa sopstvene mašte, i mere koje je preduzimao imale su isti opseg. Ma koliko revnosno vezivao končiće koji su se redovno kidali, pobuna se nezaustavljivo širila.

Guliver Balkanije, doduše, osim veličinom nije nalikovao na Gulivera uz Sviftovog romana. Nije imao lakovane cipele, ni otmene dokolenice, ni srednjovekovne čakšire, ni zelenu dolamu, ni kicoški šešir. Samo prostu suknenu odeću u kojoj je Vrhovni, na najveće užasavanje, prepoznavao seljaka Balkanije. Upravo onog na čijem je imanju grabežljiva rudarska kompanija započela iskopavanje. Onoga kome ni bager nije mogao da naudi. Koji je, pregažen, kao Isus vaskrsao. Koji se, kao Svetionik, uzdigao. Čije svetlosne poruke kao blesak munje dopiru do svakog zaseoka. Do najudaljenije zabiti.

Kao da je obasjana ne samo užarenim putokazom Svetionika već i unutrašnjim izvorom svetlosti, proganjana i skrivena istina sve odvažnije se pomaljala iz mraka. Ni seljaci više nisu bili zagledani jedino u ekrane televizora. Sve češće su ih, naprotiv, premazivali blatom, a ponekad i svakojakom pogani.

Amona je najviše uznemiravalo što je domaći Guliver bio potpuno spokojan. Ni gnevan ni zabrinut. A i zašto bi kad je bio potpuno siguran da će pokidati sve končiće i da ih vezuju svi pigmeji ovoga sveta.

Nije taj Guliver ličio ni na radnike koji su u revolucionarnom vrenju, bar na plakatima izlepljenim po ulicama proleterskih predgrađa, kidali lance kojima su okovani. Više je ličio na biće, što je Amona najviše užasavalo, koje je neraskidivo sraslo sa zemljom. S drvećem, pašnjacima, s drvećem, s korenima tako duboko ukopanim da ga ništa od njih nije moglo razdvojiti.

Nisu to bili lako pokidivi končići. Ni lanci koji su, doduše, zahtevali veću snagu da se raskuju. Bile su to, tek samo izdaleka je više naslućivao, iskonske veze čoveka s tlom kojim gazi, s brdima koja ga okružuju i štite kao grudobrani, s beskrajnim plavim svodom naseljenim bogovima s kojima se Guliver Balkanije, ležeći na travi, nečujno došaptavao.

Dok je Amon bio ophrvan brigama, Mamut je u isto vreme, uz pesmu fada, slušao stihove Fernanda Pesoe: „Svi mi imamo dva života: istinski, koji snivamo u detinjstvu, i sanjamo i dalje kao odrasli, kroz neku izmaglicu. Lažni, koji živimo u zajedništvu s drugima i koristimo u praktične svrhe. Onaj dok nas na kraju strpaju u neki sanduk."

Dok je, kao da ga škropi čarobna vodica, upijao kroz kožu omamljujuću tugovanku, u svest su mu navirale slike iz onog boljeg, kako kaže portugalski pesnik, „istinskog" života. Video je tako na brdu s druge strane zaliva tri orijaške figure tela položenih kao u grobu, s raširenim rukama i malo razmaknutim nogama. Sudeći po središnjem položaju, na tom mestu su, ko zna kada, pokopani Kralj i Kraljica. Kraj njih su u stenu bila uklesana obličja koja bi najviše odgovarala opisu srednjovekovnih vitezova ili visokih dvorana. Nad uglednicima se, kao zaštitnica, nadnosila džinovska mečka, koja je zbog guste trave kojom je obrasla najviše privlačila pažnju kosmatošću.

Za mene u detinjstvu, prisećao se Mamut, nije bilo nikakve sumnje da je na brdu na drugoj strani zaliva „groblje džinova". Na pitanje zbog čega su gorostasi kraljevskog porekla izabrali baš to mesto za večni počinak, imao je spreman odgovor: „Tu su da nas štite."

Deca su, s tim saznanjem, odlazila spokojno na počinak. Ni o čemu više nisu brinuli znajući da su na drugoj strani zaliva njihovi verni čuvari. Ne sasvim uz uzglavlje, ali dovoljno blizu. Šta je, uostalom, moglo da zaustavi džinove da u nekoliko koraka pregaze zaliv.

To su samo snovi, reći ćete. Jesu snovi, ali razgovetni i jasni kao na javi. Tek kada ih, s protokom godina, prekrije izmaglica, ostaje samo sećanje na njih. Bez čuvara koji bdi nad nama. U čijoj blizini spokojno spavamo.

Posle toliko vremena zamrznutog u ledu, posle svega što je u dugom životu saznao o prirodi ljudi, Mamut je, više od drugih, čeznuo za detinjstvom. Jedinim dobom u kome su snovi mogući. U kome je sve zamislivo. I to da ti usred noći Kralj i Kraljica, sa sve krunom na glavi u pratnji mečke i vitezova, priskoče u pomoć. Da u nekoliko koraka pregaze zaliv ili da doplove do obale na leđima delfina.

Sećanje na detinjstvo, uz Fernanda Pesou i akorde fada – Mamuta je redovno dovodilo u stanje melanholične potištenosti. Gotovo da je bio na ivici da se kao malo dete ili iznevereni ljubavnik (to je, ipak, više pristajalo njegovim godinama) rasplače.

Na drugoj strani, osećao je i nešto potpuno suprotno ganutljivoj razneženosti. Moć koja se stiče jedino potpunim srastanjem s brdima, sa šumama, s rekama, s morem, mirisom lekovitog bilja, s vucima i medvedima, sa upokojenim vladarima, s vilama i čarobnicima i – što da ne – i s bogovima.

Biti jedno sa svim tim i u svemu tome, slepljen ilovačom (kao grnčarska vaza) kojom su gazili preci i kojim će gaziti potomci, bilo je sve o čemu je u poznim godinama maštao.

Ni Amon se ništa bolje nije osećao.

Ne znajući kako da izađe na kraj s pobunjenim seljacima, uporno je pribegavao zastarelim, ako ne i prevaziđenim, te otuda arhaičnim merama, koje nisu davale rezultate. Nije, drugim rečima, odustajao od pretnji, ucena i progona previđajući da, srazmerno nasilju, jača i otpor.

Propustio je da primeti, što je za održavanje na vlasti imalo kobne posledice, da se odnos snaga izmenio. Da su, kao u šahovskoj rokadi, figure kralja i topa promenile mesto. Da pešaci, ne na tabli već u stvarnosti, nadiru sa svih strana.

Nije, tako, primetio da je Guliver pokidao konce. Iako je svakako i ranije s lakoćom mogao da ih se oslobodi, nije to učinio jer je želeo da, pre nego što se pridigne, upije što više sokova zemlje.

Da se zasiti njenim izobiljem. Da sve pritoke narodnog bunta koje su priticale sa svih strana ulije u jedan pehar kojim će nazdraviti pobedu. Morao je, ipak, da požuri jer su se vojske dobra i zla već postrojavale.

Amon ih nije mogao videti zbog ograničenog vidokruga. Kao i podanicima kojima je vladao, pogled mu je, shodno uzrastu, dopirao najdalje do gležnjeva boraca. Noću ga je, doduše, budila buka za koju je pogrešno mislio da potiče od navijača. Nije mu to smetalo. Besomučna dreka kojom su proslavljali pobedu ili uznemiravali protivnike vraćale su mu, naprotiv, mir.

Kao što je Mamut mirno spavao pod zaštitom u stene uklesanih džinova, tako se i Amon spokojno vraćao u krevet. Što bi se, najzad, brinuo kada su mu na usluzi bili sva državna sila i paravojska poslušnika.

Kako se samo, bože, varao. Kako se makar jednom nije zapitao zbog čega ptice padaju mrtve udarajući u okna dvorskih prozora. Zaglušujuća jeka truba i lupa doboša konačno su mu nagovestili da je predstojeća bitka mnogo više od lokalnog obračuna. Uzalud je izvirivao kroz prozor. Pogled mu još nije dopirao dalje od gležnjeva boraca.

Mamutove vizije sukoba bile su upečatljivije i pouzdanije. Očekivano, najzad, jer ih je još ranije naslutio. Video ih je kao na velikim platnima slikara koji su ovekovečili bitku kod Vaterloa, povlačenje Napoleona iz Rusije, streljanje dekabrista, pogrome i razapinjanje na krst. Smetala mu je na njima oslikana dvorska pompeznost, oholost zapovednika, izostanak samilosti. Odsustvo poštovanja i za život i za smrt. Više od svega vređala ga je gizdavost. Obilje boja kojima je premazivana siva i tamna stvarnost.

Rastuženo je mislio i o tome kako se kraj svake bitke neizbežno razlikuje od raskošnog početka. Da se na to podseti postarale su se slike koje su prosto navirale iz škrinje dugovečnosti. Kao kad se film vraća unatrag, pred očima su promicali poraženi ostaci svih vojski sveta. Vukli su se, promrzli u ritama, od Napoleonovih kopljanika do Hitlerovog Vermahta.

Zvučna vizija već je bila verodostojnija. Patetične simfonije i potresni rekvijemi – istinitije od slika – dočaravale su Poslednju bitku uoči kraja sveta.

* * *

Uprkos manje ili više istinitim predstavama o predstojećem boju, i Mamut i Amon bi se iznenadili da su mogli da vide legije koje su se postrojavale. Kao da su virusi sve ispreturali, i tu je vladala haotična pometnja koja se pre svega ogledala u napuštanju svih ranijih vojnih i društvenih pravila, uključujući i ona koja su imale kanonski karakter.

Legije zla – predstavljene pre svega u mehanizmu državne prinude – imale su na prvi pogled ubedljivu prevagu. Ne samo vojska već i policija razmetali su se oklopnim vozilima i helikopterima uza sve drugo ubojito oružje.

Naspram njih, u postrojbama dobra, vladalo je veliko šarenilo. Većina je bila opremljena jedino pešadijskim oružjem, što će reći puškama, od kojih su neke više priličile vojnom muzeju s postavkom kremenjača iz prethodnih ratovanja. Bilo je i jedinica koje nisu imale nikakvo vatreno oružje. Jedino motike i vile, koje kao da su upravo pristigle sa okopavanja njiva i namirivanja stoke.

Na strani dobra našle su se sve šumske životinje, među kojima i vuci i medvedi. Ma koliko neočekivana, njihova pojava nije iznenadila članove *Udruženja ljubitelja patine*. Znale su one, po rečima Veverice, da bez šumâ i vodâ ne mogu da žive. Borile su se za sâm opstanak.

Da se karakter ratovanja bitno izmenio svedočilo je otkriće da svrstavanje na strani zla zmajeva, zlih čarobnjaka, veštica, akrepa i svakojakih, po izgledu bar, zastrašujućih čudovišta nikoga nije uplašilo. Veverica je i za to imala objašnjenje: – Toliko smo ih se nagledali u filmovima i televizijskim serijama, da smo na njih navikli. Čak i da postoje, ima ko će da im se suprotstavi. Sigurna sam da bogovi koji štite šume i reke jedva čekaju da im zavrnu šiju.

Tumačenje Mamuta bilo je nešto oporije: – U paklu smo već dovoljno dugo da bismo se plašili strašila koja su, samo za ovu priliku, iz njega iskoračila.

Kao što ih nisu uplašila paklena prikazanja, nije ih uznemirio ni zveket teškog naoružanja. Borce s motikama nije pomela pojava tenkova. Zbog čega bi strahovali od metalne grdosije sve dok je među njima seljak koga je pregazio bager?

Među svim bićima – kako stvarnim tako upokojenim – vampiri su jedini ostali neopredeljeni. Čuvar seoskog groblja je za njihovo ponašanje imao jednostavno objašnjenje: – Zbog čega bi se svrstavali kad dobro znaju da će za njih, ma ko da pobedi, biti krvi u izobilju?

Virusi su takođe bili podeljeni na obe strane. Fundamentalisti su bili za to da čovečanstvo u potpunosti iskorene. Razumniji virusi su ih odvraćali, podsećajući da će bez ljudi kojima se hrane i sami pocrkati.

Mišljenje da su suprotstavljene vojske neravnopravne, naročito u vrsti naoružanja, počivalo je, srećom, samo na onome što je bilo vidljivo golim okom. Na zemaljskim pojavama, drugim rečima. Statističkim jezikom iskazano, to je moglo da se prihvati samo za trećinu bojnih postrojbi. Od druge dve trećine jedna je bila na nebu, a druga pod zemljom.

Da je Amon bio u stanju da se uzdigne iznad gležnjeva boraca, i sâm bi primetio njemu poznato lice s fotografija doušnika: Zelenobradog kako zapoveda snagama dobra. Znao bi tada da duhovi postoje. Da se u borbu uključuju i zaboravljeni bogovi.

Zaštitnici šuma i voda bili su na strani dobra. Ali, bilo ih je i na drugoj strani. Na strani zla. Takođe, kao i među ljudima, bilo je „preletača".

Šar se javljao u vidu goluba. Nasuprot pitomom izgledu, *Onostrana enciklopedija* ga predstavlja kao „osvajača i podmuklo biće". Bog Kareša je u istoj enciklopediji velikodušnije opisan. Iako se i on javlja u vidu pernatih stvorenja, kasnije preuzima ljudski lik. Razume jezik ptica i životinja. Takođe, govori jezikom vode. Astralni je duh prirode i životinja. Ne zna se, nažalost, za koju se stranu opredelio, što upućuje na zaključak da ni autori *Onostrane enciklopedije* nisu poznavali jezik ptica. Još manje jezik voda. To je velika šteta jer je Kareša bio jedinstven bog, potekao iz zvezdinog praha – i to od zvezde nekretnice, jedine večno nepomerljive. Prema starom istočnom verovanju, duhovi zvezda mogu takođe da poprime ljudski lik.

U srednjem veku imali su visok status palih anđela i duša umrlih, ali isto tako i duhova poniklih iz vatre koja plamteći lebdi između zemlje, neba i pakla.

S takvim životopisom, uskliknula je zadivljeno Veverica, Kareša bi danas mogao da bira gde će da se zaposli. S Beladom nije bilo nikakvih nedoumica. Kao zloduh blizak Luciferu, koji je u politici imao veliku moć kao Gospodar parlamenta i visokih zvaničnika, bilo je očekivano da se svrsta uz vojsku zla.

Sa obe strane su, manje i od bogova, bili vidljivi virusi. Toliko sićušni da se nisu mogli naciljati ni iz teleskopskog snajpera. Na to se upravo žalio mafijaš kome je zapovednik naložio da puca na sve što se kreće. Na viruse isto tako.

– Lako mi je da na nišanu držim Gulivera – žalio se Zapovedniku. – Ali kako da naciljam u nevidljivog protivnika. Ne u bilo koga. U onoga, nažalost, koji će nam pre doći glave nego sve vojske dobra na svetu.

Gotovo koliko i virusa, za boj se nakupilo ptica. Samo u jednoj, doduše povećoj bari koja se pretakala u močvare, vlažne livade i guste šume, izbrojano je dvesta dvadeset šest vrsta. Među njima pedeset hiljada parova bele i crne rode, orlova belorepana, kliklavca, sokola lastavičara, crvenorepke, čaplje kašikare, crne lunje, kormorana, belovrate muzarice, patke crnke, labuda, sive čaplje.

Pernata kolonija bila je uzor sloge, što se nije moglo zaključiti iz neprestane graje. Prekidala se jedino kada bi se na vidiku pojavila grabljivica, najčešće močvarica, kobac, jastreb ili orao. Tada bi se sve ugrožene vrste kao tmasti oblak „za boj spremne" visoko uzletale.

U očekivanju Poslednje bitke uoči kraja sveta za tim nije bilo potrebe, jer su se na strani dobra zajedno borile i grabljivice i pitomije ptice. Ni najstariji meštani nikada tako nešto nisu videli. Da goniči i plen budu u istom stroju – jedni kraj drugih – bilo je ravno čudu.

Pa i bilo je. Ne i jedino.

U pernatoj vrsti primećena je i sivo-žuta „danguba" poznata po tome što je u stanju satima da stoji nepokretno na jednoj nozi vrebajući plen. Ni ona nije odolela da, umesto žaba i riba, lovi gmizavce u vojsci zla. Posle dugog odsustvovanja vratio se i orao krstaš, koji je, kao i Guliver među dvonošcima, imao ulogu predvodnika među pticama. Takođe i kraljevski ibis, koji je otmenošću najviše obradovao ljubitelje patine. Toliko čak da su njegovo prisustvo u vojsci dobra uporedili sa okupljanjem gizdavih vitezova koji su se postrojavali za pohod na Jerusalim. Za oslobađanje Hristovog groba.

U mrtvajama, močvarama, šumama i livadama i ranije su se ptice gnezdile i nastanjivale, ili su se zimi, samo u prolazu na svom putu u toplije krajeve, zaustavljale da predahnu. Vlažna polja u kojima su se okupljale ličila su, otuda, na prostrana sletišta. Na ptičja vazdušna pristaništa. Ovoga puta i više od toga, mogla su se lako zamisliti i kao aerodromi s kojih su poletale leteće tvrđave u osvajanje Normandije.

I pre nego što je bitka započela, samo naizgled bespomoćna stvorenja obarale su na letu za bojište glomazne protivničke letelice tako što su, žrtvujući se, uletale u motore aviona. Podsećali su, iako im to nije bila namera, na japanske kamikaze, koji su se isto tako samoubilački strmoglavljivali na nosače aviona.

Da se glas o herojstvu ptica nadaleko čuo posvedočila je vest (doduše nepotvrđena) da je rodama, čapljama, lunjama i drugim pticama nevičnim boju pritekao u pomoć kondor, koji je doleteo čak sa Anda.

U duhovnom smislu još važnije je bilo saznanje da je među njima Legija ptica koje su doletele sa Svete gore. Vojsci dobra pridružile su se crna i bela čiopa, crna crvenperka, jarebica kamenjarka, ušata ševa, vetruška, sinji galeb, kukavica, crni kos, velika grmuša, sojka, zeba, ćuk, češljugar i mnoge druge vrste čiji se lepet krila čuje u manastirima.

Predvođene surim orlom i krškim i sivim sokolom, napustile su sveta mesta samo da bi na strani dobra učestvovale u Poslednjoj bici uoči kraja sveta.

Vojsci „božjih stvorenja" bilo je svejedno da li će vest o tome biti i zvanično potvrđena. Dovoljno je što su u nju verovali da je, razgaljenog srca, prihvate kao neopozivu istinu. I taj primer je, najzad, posvedočio da je Platon bio u pravu kada je govorio da je materijalni svet samo odraz predstave o njemu. E pa i oni koji nisu bili upoznati sa delom grčkog filozofa imali su ideju o tome kako kondor izgleda. Ni sve vojske ovoga sveta nisu otuda mogle da ih odvrate od utehe da je ptica s najvećim rasponom krila na svetu na strani dobra.

Graktanje i ćurlikanje (cvrkut se pred boj nije čuo), lepet krila, vrtoglavo poniranje ili strmo uspinjanje iznad glava za boj spremnih legija proizvodilo je istu takvu buku kao vojni orkestri na zemlji. Pometnja je sve više narastala i zbog neprestanog pristizanja novih ratnika. Uprkos poštovanju koje je uživao i stoletnog iskustva u zaštiti šuma i voda, Zelenobradi je bio na mukama u koji rod vojske da svrsta vidru, šumskog ježa, vevericu i slepog miša. Nije, naravno, brinuo za kunu zlaticu, lisicu, vuka i medveda. Sve su te zveri imale kandže i oštre zube. Znale su kako da ih upotrebe.

Ni insekti nisu izostali iz opšte halabuke. Vilini konjici, osolike muve, jelenci, nosorošci, obadi, lastini repci, skakavci okupljali su se u rojevima ili su zujali unaokolo pomahnitali od ljudskog znoja i životinjskog zadaha. Nadletali su uzrujano postrojene legije kao da je njima, a ne zapovednicima sa širitima povereno da obave smotru.

Bili su van sebe što je sve na šta su sletali i čijim su se sokovima napajali bilo zaposednuto vojskom i oklopnim vozilima. Što su postrojene legije i metalne gusenice nemilosrdno gazile i utabavale bele i žute lokvanje, močvarne orhideje, aldrovande, banatski različak i paprat. Skrivene bukete gljiva, najzad. Još teže im je padalo što su u vlažnim šumama crna i bela topola, jasen, cer, hrast lužnjak i brest bili i doslovno natopljeni smradom benzinskih isparenja.

Ni ljudi, ni životinje, ni ptice, ni insekti nisu više mogli da dišu. Ni da žive.

Od nespokoja zatrovane prirode odudarala je jedino osunčana livada u čijem su se jednom kutku, kao da ne primećuju haotični metež oko sebe, igrale zajapurene devojčice. Zabavljene preskakanjem konopca nisu primećivale kako tmasti oblak letećih tvrđava zaklanja sunce. Kako im se podmuklo prikrada senka koja će, za koji trenutak, osunčanu livadu zastrti pokrovom tame.

Za Poslednju bitku uoči kraja sveta sve je bilo spremno. Nije se jedino znalo ko će prvi da dune u pištaljku.

18.

PATETIČNI EPILOG

Kako će se Poslednja bitka uoči kraja sveta završiti?

Ptice su znale. Bogovi takođe, ali su uvređeno ćutali.

Vlasti zaslepljene važnošću, istiniti i lažni proroci, od blatišta sazdano javno mnjenje, vračare i opsenari samo su jalovo i isprazno nagađali.

Jedino su još pesme nešto kazivale.

Flečerovi stihovi iz *Zlatnog puta u Samarkand*, koji bi mogli da posluže kao recitativ kakvog uzvišenog, potresnog rekvijema:

Kada se velike pijace kraj mora zatvore,
Cele ove spokojne nedelje bez kraja,
Kada čak i ljubavnici napokon nađu mir,
A zemlja bude samo zvezda, odsev nekadašnjeg sjaja.

Šta, tada, preostaje?

Kako kaže Titos Patrikios u pesmi *Potajna misao* samo sećanje:

Što sam mogao živeti – to mi je dato
Što mi je dato – to sam straćio
Ili mi davaoci natrag uzeše.
Preostaje mi da se ogrnem snegom
Sa skrivenom mišlju dalekovidog mamuta
Koji bi hteo da ga posle više hiljada godina
Pronađu netaknutog i kakav je bio.

Beleška o autoru

Dušan Miklja rođen je 1934. godine u Beogradu. Školovao se u istom gradu. Diplomirao je na Filološkom fakultetu na Grupi za engleski jezik i književnost. U životu se najviše bavio rečima kao profesor, prevodilac, novinar i pisac. Vračara mu je prorekla da će mnogo putovati, što se obistinilo. Bio je u međunarodnim snagama koje su čuvale mir na Sinaju. Izveštavao je, kao stalni dopisnik, iz Najrobija, Adis Abebe, Rima, Njujorka i Brisela. Kratko vreme proveo je u diplomatskoj službi u Rimu. Povremeno je bivao nezaposlen. Popeo se na Kilimandžaro. Počinio je sijaset drugih nerazumnosti.

Njegova dela čine: *Republika Gvineja* (publicistika, 1976), *Etiopija: od imperije do revolucije* (publicistika, 1977), *Rat za Afriku* (publicistika, 1978), *Treći put italijanskih komunista* (publicistika, 1982), *Berlinguer* (publicistika, 1984), *Crni Sizif* (priče, 1985), *Trbuh sveta* (priče, 1989), *Hronika nastranosti* (priče, 1990, 2016), *Sultan od Zanzibara i druge priče* (priče, 1993), *Dranje dabrova* (priče, 1995), *Put u Adis Abebu* (roman, 1997), *Judina posla* (roman, 1998), *Uloga jelovnika u svetskoj revoluciji* (priče, 2001), *Putopisi po sećanju* (priče, 2001), *Oslobađanje uma* (kolumne, 2001), *Bilo jednom u Beogradu* (priče, 2003), *Krpljenje paučine* (roman, 2003), *Kraj puta* (roman, 2006), *New York, Beograd* (roman, 2008), *Potapanje Velikog ratnog ostrva* (priče, 2009), *SOS: Save Our Souls ili Sve o Srbima* (eseji, 2010), *Afrikanac* (roman, 2011), *Ima li boga i druge drame* (drame, 2013), *Leto* (roman, 2014), *Miris lošeg duvana* (roman, 2014), *Grand central* (roman, 2015), *Pre nego što bude kasno* (roman, 2018), *Pokrov tame* (roman, 2020), *Životi za iznajmljivanje* (roman, 2021), *Gradovi kao sudbina* (priče, 2022) i *Poslednja bitka uoči kraja sveta* (roman, 2023).

U pozorištu mu je izvedena drama *Orden*, koja je na međunarodnom festivalu u Moskvi dobila nagradu za najbolji savremeni antiratni tekst. Radio-drama *A lutta continua* dobitnik je godišnje nagrade Radio Beograda. Na radiju su mu izvođene i drame *Generali vežbaju polaganje kovčega* i *Ljudi mete*. Po romanu *New York, Beograd* napisao je scenario za film *Jelena, Katarina, Marija*. Za isti roman dobio je nagradu „Zlatni hit Libris" za jedno od najčitanijih dela.

Bavio se i prevođenjem (Gabrijel Garsija Markes: *Riba je crvena*, 1999).

Zbirku priča *Hronika nastranosti* objavila je u prevodu na engleski izdavačka kuća *Minerva* iz Londona.

Dušan Miklja je bio i kolumnista lista *Blic*.

Živi u Beogradu i piše knjige.

Knjige Dušana Miklje
u izdanju Izdavačke kuće TEA BOOKS d.o.o.
(digitalna i/ili štampana izdanja)

Berlingver
Bilo jednom u Beogradu
Crni Sizif
Etiopija – od imperije do revolucije
Judina posla
Kosmopolitske i druge priče
Kraj puta
Krpljenje paučine
Oslobađanje uma
Poslednja bitka uoči kraja sveta
Put u Adis Abebu
Putopisi po sećanju
Rat za Afriku
Save Our Souls ili Sve o Srbima
Trbuh sveta
Treći put italijanskih komunista
Uloga jelovnika u svetskoj revoluciji